鈴木 建臣

小説 葦原王朝

古事記及び日本書紀に於ける国造り

東京図書出版

目次

第一章　あけぼの

一、葦原・豊連合国の成立

「ナミ姫様が、婿殿を迎えるそうじゃ。」

「ほう、それは目出度い。して、その幸せな婿殿はどなたじゃ。」

「なにが目出度いことか。お相手は、あの憎たらしい豊国《とよこく》の武彦《たけひこ》殿じゃというぞ。」

「なんと。この葦原《あしはら》の国にも、ナミ姫様にお似合いの若殿が大勢ござるのに、よりによって豊国の武彦殿とはなぁ。」

「お主も、そう思うじゃろぅ。」

「それよりも、豊国の武彦殿と云えば、豊国の太子と言われているではないか。そんなお方が婿殿として、この葦原においでになるのかのぅ。」

「そこはそれ、我が葦原と豊国とでは、国としての格が違うからのぅ。ナミ姫様の婿として太子殿を所望すると云えば、豊国としてはいやとは言えんのじゃろぅ。」

「そんなものかのぅ。」

「そんなもんじゃ。国の力が違いすぎるからのぅ。しかし、これで国境《くにざかい》での争いも無くなるじゃろぅ。長老様方も良いところに目を付けたもんじゃ。」

「なんじゃ。結局はお主もこの話は目出度いと思っておるのじゃろぅ。」


時は、**紀元前二〇〇年前後である**。

葦原王国《あしはらおうこく》の首都は、オホ（現在の島根県の太田市）にあり、その版図は後述するごとく、山陰地方の大部分と山陽地方西部である。

一方、豊国は関門海峡周辺のみを領有する小国である。

葦原王国としては、かねてより瀬戸内海を隔てた淡島《あわのしま》（現四国、特に伊予・讃岐）と同盟を結ぶか、或いは傘下に収めたいものと考えていた。これは、海賊の被害を避け、瀬戸内海の航行と漁業の安全を確保するための必要条件だったのである。

しかしながら、淡島は「鳶王国（後述）」と同盟を結んでいたか、或いはその傘下に入っていて、なかなか良い返事は得られない。

この上は、淡島と同盟を結ぶためには、かなりの兵力をもって上陸し、恫喝しながら外交折衝を行う必要がある。その時に邪魔になるのが、王国の西南端に位置する豊国の動向である。

豊国とは、しばらくは大規模な戦は無いものの、葦原王国が淡島方面に兵を向け、手薄になったことが判れば、数年前と同様に豊国が侵略を再開しかねないと考えられた。

現に、国境《くにざかい》での小競り合いは続いていたのである。

そこで、葦原王国では、先ず、豊国と経済同盟を結ぶことが真剣に考えられ、外交折衝が繰り返し行われたが、なかなか思わしい成果は得られなかった。

豊国としても、葦原王国との経済同盟は自国に有利との認識はあるのだが、前王の頃から続いている国境紛争の経緯から見て、易々と応ずるわけにはいかなかった。

遂に、葦原王国は、経済的な利害関係のみを説くことを諦めて、本音を出した。

「わが葦原王国としては、かねてより淡島に兵を向けることが考えられて参った。三千程度の兵はいつでも動かせるのだが、これではちょっと不足するであろう。そこで、貴国（豊国）から、勇猛な将と、兵を一千程お借りしたいが、如何か。」

「うーむ。」

豊国の主《あるじ》、豊國主尊《とよくにぬし》としては、葦原王国との経済同盟に加え軍事同盟をも得られれば、後顧の憂いを絶って、熊襲の領域（後述）に手を伸ばすチャンスであり、願ってもない提案を受けたのであるが、ここは慎重に交渉を進めなければなるまい。

「如何でござろうか。」

「うーむ。つまり、葦原王国としては、我が豊国と軍事同盟を結びたいと仰せか。」

「左様。何時までも国境《くにざかい》でのいざこざは、この辺で打ち止めにして、ともに助け合い、栄えていこうではござらぬか。」

「さりとて、貴国とは永年に亘って争いが続いている間柄でござる。今、軍事同盟を結ぶと申されても、果たして将軍達が旨く協調できるものか、疑問でござる。」

「そこはそれ、時をかけ、お互いが疑心暗鬼にならぬよう、共同演習なども行い、気心が知れるように努めなければならないものと考えまする。」

「うーむ。」

「共同演習と申せば大袈裟になりまする。気軽に狩りなどを一緒に行っては如何でしょうや。」

「うむ、うむ。それは良い思案でござる。だが、今すぐ返答を致すことは出来かねる。」

「と申されると?」

「我が国の長老や将軍共と相談することに致す。数日の猶予が頂きたい。」

「良きお返事が頂けるよう祈っておりまする。」

豊國主尊《とよくにぬし》は、親族一同、長老達や将軍達を招集して、葦原王国の提案を検討させた。

豊國主尊は、自らの意見は述べず、全員に十分意見を述べさせた。

賛成・反対の意見が飛び交った。

猛反対をしたのは、国境地帯で実際に戦闘している将軍達であった。

「何を仰せになりますか。現に山口(山口市中心部)や長門あたりでは、あと少しで、全域を獲得できると申すのに。葦原などと和睦して軍事同盟を結ぶなど、もってのほかでござる。」

しかし現実は、戦力の格差に苦しみ、豊国軍は、侵攻した土地を放棄するか否かの選択を迫られていたのである。

賛成派としては、同盟が成ったあかつきには、あれも出来る、これも出来る、などという意見を多数出した。

反対派の将軍達は戦場仕込みの大声を響き渡らせて、賛成派を圧迫するのだが、論拠が、あと少し頑張れば、という希望的観測だけでは、賛成派を論破することは難しい。

最終的には、将軍達も、国境地帯の現実を見つめ直し、同盟やむ無しとの結論に達し、会議は終わった。

「お待たせ致した。先ずは、お互いに将二人と兵五百ずつを出し合い、国境にて、共同で狩りをして、いざこざ無しに協力できるか否かを確かめなければなるまい。」

「ごもっともな仰せでござる。帰りましたるならば、早速手配を致し、後日日時を定めて、国境にて会同できるように致しまする。」

共同演習（狩り）は、双方の思惑が一致していたので、成功裏に終了した。

今度は、豊国の使節が葦原王国を訪問した。

「先般、葦原王国と豊国との軍事同盟の打診を受けましたるが、我が豊国としては、葦原王国との同盟を謹んでお受け致す。将と兵を差し出すことも御安心下されよ。必ずや、心利きたる将と兵一千を差し出しましょう。」

「それは重畳。淡島への出兵の時期は、後日打ち合わせを行いたいものと考えまする。」

「ついては、我が国の太子武彦の妃として、貴国の二番目の姫（日女）を申し受けたく存ずる。当方からは、下の彦（日子）を葦原王国へ差し向けましょう。如何でござるか。」

「仰せ、承った。近いうちに手打ちの儀式を行いたいものでござる。」


外交折衝の結果を得た葦原王国では、長老たちが、意見を述べ合っていた。

「証人（人質）の交換だけで事は済むものであろうか。」

「なかなか難しいでござろうな。」

「豊國主尊《とよくにぬし》は、なかなかの狸親父と聞くぞ。油断すると足下をすくわれかねないぞ。」

更に強力な保証が得られないものかと、知恵を出し合うが、なかなかこれぞという案は出てこない。

「どうじゃ、いっそのこと、わがナミ姫様の婿殿として、豊国の武彦殿を所望するというのはどうじゃ。」

「なんと、ナミ姫様の婿に、豊国の太子を所望すると仰せか。そのような事は豊国が承知すまい。」

「そうじゃ。そのような話は論外じゃ。」

「確かに豊国の武彦殿は、眉目《もく》秀麗にして勇猛果敢と聞く。他の姫様のお相手としては申し分ないがのぅ。」

「ナミ姫様は、聡明で、包容力に優れ、わが葦原王国にとっては、かけがえのない次の代の女王様と目されておいでの方じゃ。豊国に差し上げるわけにはいかぬ。」

「いやいや、ナミ姫様を差し上げるわけではない。何とか理屈をつけて、豊国の太子を我が国に頂いてしまおうというのじゃ。」

「それはまた、難しかろう。」

侃々諤々《かんかんがくがく》の議論が続いた。

最長老が結論を出した。

「今迄で、いろいろな意見が出尽くしたようじゃが、他に良い思案もないようなので、豊国の太子殿をナミ姫様の婿にするという案を、豊国に打診してみるのも良いのではないか。どうせ、色好い返事は期待できそうにもないがの。」

ところが、思案に相違して、豊国はこの案を呑んだのである。

豊國主尊《とよくにぬし》としては、太子を渡してしまうのでは、当面困ることが多いのだが、この太子の活躍次第では、大国葦原王国を乗っ取ってしまうことも可能だと野望を抱いていた。

その野望を隠して国論を統一したのである。

当然、反対の意見も多数あった。

太子が葦原の婿になってしまえば、豊国は葦原王国に併呑されてしまうのではないか、という危惧を述べるものが多かった。

豊國主尊は、これは「同盟」ではなく、国の大小に関わりなく対等の「連合」であるとして、反対派を説得したのである。

「同盟」では、どちらかの国が違反をすれば、解消されてもおかしくはないが、太子と相手の後継王女の婚姻が成立すれば、「連合」の言葉通り、両国は二つで一つなのである。葦原王国が栄えれば、豊国も栄える。逆に、豊国が強くなれば、葦原王国も助かる。という理屈で押し通したのである。

ここに、葦原王国の後継王女と豊国の後継太子との婚姻が成立し、これに伴い、単なる同盟国ではなく、連合国が構成されることになった。
古事記及び日本書紀における神々の具体的な活動は、葦原王国王女であるナミ姫と豊国王子である武彦との結婚により始まる。（補注一）
爾後、葦原王国のナミ姫を伊邪那美尊《いざなみ》、豊国の武彦を伊邪那岐尊《いざなき》として記述する。
この二尊の名称は、いずれも諡号《しごう》である。（補注二）

連合国構成の目的は、葦原王国を核心とする軍事・経済同盟を強化し、安全保障及び経済の発展を期待するとともに、次の段階では領土の拡張を図ることになった。

古事記・日本書紀はともに、

「葦原王国は国力は十分なのだが、武力が不十分だ」

「豊国は武力は十分ある。この武力を葦原王国に継ぎ足して領土を拡張しよう」

という意味のことを、男女の体の構造に置き換えて、曖昧に記している。


伊邪那美尊は天《あま》の沼矛《ぬほこ》（帝王杖）を授けられ、葦原王国の女王に就任するとともに連合国の女王を兼ねた。

伊邪那岐尊は豊国の太子であるとともに連合国の副王を兼ねていた。

日本書紀によれば、連合国の名称を「豊葦原千五百秋瑞穂之地《とよあしはらちいほあきみずほのくに》」と称した。豊国・葦原国・周防国・安芸国・瑞穂国の連合国という意味である。

古事記では、この段階で正式の連合国の名称はない。

二、神世七代

ここで、日本列島内の古代における勢力分布並びに葦原王国及び豊国の成り立ちについて概要を述べておこう。

当時、日本列島上には、「葦原《あしはら》」「熊襲《くまそ》」「鳶《とび》」という三つの王国があった。

これらの王国は、比較的強大な氏族が武力を背景としてまとめていたが、祭祀と年貢納入を中心とする比較的緩やかな結合体であったようである。（補注三）

「葦原王国」は、主として山陰地方のほぼ全域と山陽地方西部を領土として、土着倭人を中心に、朝鮮半島系のアマ氏族及びアイヌ系の一部との同盟国家。

「熊襲《くまそ》王国」は、阿蘇山を霊山とし、九州及び薩南諸島を領土とする。土着倭人を中心に、アイヌ系のクマ氏族、南方島嶼系のソ氏族との同盟国家。

「鳶《とび》王国」は、鳶をトーテムとし、祭器として銅鐸を使用しており、現在の近畿地方を領土とする。土着倭人を中心に、アイヌ系の多くの氏族をもって構成する同盟国家。

（土着倭人とは、日本民族の原型として出来上がっている人種〈縄文人〉をいう）

葦原王国と豊国

また、どの王国にも属さない多くの独立国が有った。

「豊国」はその内の一つであった。

「葦原王国」は、オホ地方（現島根県太田市周辺）に首都を持ち、山陰地方全域と山陽地方の西部を領土とする大国である。

初代の宇摩志阿斯訶備比古遅《うましあしかびひこじ》尊の活躍により、オホを中心として石見・出雲を領有する小国だったオホ国が山陰地方全域へと大拡張した。

更に、第二代の天之常立《あまのとこたち》尊の代で版図を山陽地方の西部（周防・安芸・備後）にまで広げた。

第三代の宇比地邇《うひじに》尊は、開拓（干拓）を推進した。

第四代の角杙《つのくひ》尊は、水田耕作を奨励した。

第五代の意富斗能地《おほとのじ》尊は、大津（港）を造成した。

第六代の阿夜訶志古泥《あやかしこね》尊は、神託を受ける能力が絶大な女王であり、伊邪那美《いざなみ》尊の母である。

葦原王国は初代国王から伊邪那美尊まで七代であるので、これらの神々を神世七代という。

かくして、「葦原王国」と名乗ることになったこの国は、大陸の文化を朝鮮半島を経由して吸収するとともに、鉱山の開発に努力し、独自の工業や農耕技術等を発展させ、この時代としては刮目すべき文化国家としての実体を持っていた。

一方、豊国は、関門海峡を中心にして、豊前、筑前及び長門の各一部を領土とする新興の小国家である。

シンル国王（朝鮮半島東南部）の一族が、兵を率いて渡来し、九州北岸に上陸して、熊襲や葦原の領域の一部を武力をもって切り取ったもので、当初は野盗まがいの行為もあったと思われる。

豊国の初代国王は、国之常立尊《くにのとこたち》と贈り名され、第二代国王の豊國主尊《とよくにぬし》は、伊邪那岐尊《いざなき》の父である。

建国後、間が無い為、初代国王から伊邪那岐尊までの間には、三代しか無い。

そこで、後世の歴史家は、前記の神世七代にふさわしい名称の七人の名称を捏造した。

葦原王国も豊国も、国王を始め支配階級（貴族）は全てアマ系統の姻戚を持つ。（補注四）

時代は、銅剣、銅矛の終末期に当たる。

第二章　淡島攻略作戦

一、緒戦の失敗

記紀における「国（島）を生む」とは、領土拡張の行為（侵略）である。

葦原王国は、かねてから淡島《あわのしま》（四国）を傘下に収めたいと考えていたが、後方に豊国があって、絶えず脅威を感じていて、全兵力を淡島に向けることができずにいた。

今、婚姻政策によって豊国を味方に取り入れることができたので、淡島攻略を始めることになった。

淡島《あわのしま》は、その名のように阿波《あわ》国（徳島県）に総督府を置いて東向きに門戸を開いており、鳶《とび》王国の傘下もしくは同盟関係にあって、四つの国から成っていた。

作戦は、女王伊邪那美尊に任命された大将軍が総司令官になり、葦原王国軍と豊国軍とで連合軍を編成し、葦原王国軍が作戦の主導権をとり、豊国軍がこれに従う形で実施された。

葦原王国の大将軍としては、豊国が後顧の憂いとならなければそれでよいので、豊国軍の戦力を当てにしていたわけではない。

葦原王国軍は、最新鋭の鉄製の矛を装備していたのに対し、豊国軍は、鉄製の矛も保有していたが、青銅製の矛もかなり保有していた。

青銅製の矛は、研ぎ澄ませれば切れ味は鋭いが、材質がもろく、鉄製の矛に比べれば、長い戦いには不向きであった。

矛は突くだけではなく、長刀《なぎなた》のように振り回して斬りつける武器でもあった。

当時、剣を持つのは、武将のみと言っても良く、一般の兵の武器は、弓と矛であった。勿論彼等は動員されるまでは農民であって、動員されると矛や弓矢を支給された。弓は使い慣れた自前のものも多かった。山刀《うめがい》・鉈《なた》或いは鎌のたぐいの小型の刃物は所持したであろう。

伊邪那岐尊《いざなき》は、鳶王国による淡島《あわのしま》支援（兵力及び武器・兵糧等）を断つ必要を認め、その補給路が淡路島《あわじのしま》を通じている事を承知し、これを先ず攻略しようと提案したが、作戦会議の席上で却下されてしまった。

連合軍は、安芸の港に集結し、二百艘もの軍船を連ねて、安芸国、備後国の沿岸に連なる島々の間を抜け、備後国の鞆津《ともつ》付近で海上集結して船団の再編成を行った。

ここで、偵察船を多数派遣し、讃岐《さぬき》国の沿岸の状況を確認した。

早朝、軍船は一斉に発進し、讃岐国の丸亀平地に直接上陸して戦闘を準備した。

讃岐国としては、侵攻を受けることなど考えてもいなかったので、連合軍の上陸作戦そのものは旨くいき、十日も経つと、丸亀平地のかなりの領域を確保して、十分に戦闘準備を整えることが出来た。

讃岐国王は、隷下の豪族達に、急使を送り、高松平地に兵を集めるとともに、更には、「鳶王国」と隣接の阿波国に援助を要請した。

鳶王国は、兵一千名を送るとともに、大量の武器（特に矢）と食料を提供した。

阿波国も兵一千名を送ってきた。

戦闘は、丸亀平地と高松平地の境界付近で始まった。

兵力は四千名対三千五百名で、連合軍がやや優勢であった。

讃岐国王は、兵を二分し、先鋒の軍には矢を十分に与え、徹底的な矢戦《やいくさ》をするように命じ、主力の各豪族達には、隙を見て切り込みをかけるように処置した。

矢戦が始まって、暫く経つと、連合軍の兵の矢は残り少なくなってきた。（補注五）

通常ならば、この段階で、矛を連ねての近接戦が始まるのであるが、讃岐側の矢の数は衰えも見せず、連合軍の兵は、矢を避けるため右往左往するしかなかった。

当時、矢を避けるための鎧や兜は武将のみが身につけており、兵の大部分は、盾を持っているものの他は、裸身も同然であった。

各武将が叱咤激励しても、全軍の阿鼻叫喚《あびきょうかん》に掻き消されて、為《な》す術《すべ》も無く、兵は烏合の衆へと変わりつつあった。

連合軍の大将軍は、たまりかねて後詰めの第二軍に突撃を命じた。

第二軍は、雨霰《あめあられ》と降り注ぐ矢を避けながら、懸命に突撃したが、いつの間にか包囲されて、多くの損害を被り、退却せざるを得なかった。

両軍は対峙したまま、夜を迎えた。


翌朝、讃岐軍が、進撃を開始した。

矢戦は延々と続いたが、矢の数は讃岐側が圧倒的に多く、連合軍は損害が増大し、接近戦も時折交えるのだが、二日に亘って、後退に後退を重ね、上陸海岸付近に円陣を組んで耐えるしかなかった。

船には補充の矢が積んであったので、この場はこらえる事が出来た。

遂に、これ以上頑張ってみても、損害が増すばかりであるので、本国へ退却することになった。

敗軍というものは、秩序ある行動をとることが難しく、我がちに船に乗ろうとする兵によって、多くの船が転覆するような騒ぎが起きた。

讃岐国側も、それなりに、矢傷を負った兵がかなりいたので、あと一押しが出来ず、乗船妨害などは出来なかった。

二、神　託

作戦失敗の後、葦原王国首都において研究会が催された。

「淡島の敵の抵抗はすごかったのう。あれほどの兵を集めるとは、予想外であった。」

「豊国の兵がいたから助かったようなもんじゃ。」

「矢の数も、すごい。空が暗くなるようであった。」

「あの無数の矢は、何処で何時、用意されたのであろう。」

「恐らく鳶王国の後押しがあったのであろう。」

「わが方も、矢を十分に用意せねば、戦にならんのう。」

「盾も、もっと十分に持たせなければなるまい。」

「わが方の兵が進むと、何処からともなく敵が現れて、挟み撃ちになった。」

「うむ、あれはしてやられたのう。敵は何処に隠れていたのだろう。」

「兵を休ませた後で、もう一度準備を十分にして、淡島を攻めることにしては如何。」

「兵の数をもっと増やさなくてはなるまい。」

いろいろな懐旧談は出るが、肝心の作戦失敗の原因には話題が及ばない。

そこで、神託を仰ぐことになった。

その神託では、作戦失敗の原因は、伊邪那美尊の権威を笠にきた葦原王国軍の将軍達の発言権が強すぎて、豊国側の作戦に関する意見は全く採用されなかった事にあると判断され、次は豊国側（伊邪那岐尊）の意見も聞くように示された。（補注六）
神託に基づき、いろいろ検討された。
紆余曲折はあったが、爾後、淡島征服の作戦においては、伊邪那岐《いざなき》尊が遠征軍総司令官になることになった。
葦原王国の将軍たちも、しぶしぶ、これに従った。

三、攻略再興

淡島攻略再興に向けて、多くの時間を作戦準備に費やした。

特に、矢を大量に準備するとともに、兵の全員に盾を作らせて持たせた（多くは、割った竹を組み合わせたもので木製より軽い）。

また、伊邪那岐尊の要請により、豊国軍の矛も最新鋭の鉄製の矛に換装された。

頃合いを見計らって淡島征服の作戦が再開された。

伊邪那岐尊は、先に却下された淡路島《あわじのしま》攻略作戦を発動することにした。

この島は、その名のとおり、淡島《あわのしま》への路であって、北の摂津国からも、東の和泉国や紀伊国からもこの島の沿岸を伝わって船が通《かよ》ってくるのであった。

この島は鳶王国からも淡島からも近いが、海によって隔てられており、しかも守備隊も少人数だったので、約二千人の兵を上陸させたところ、難なく占領する事が出来た。

この淡路島は、淡道之穂之狭別島《あわじのほのさわけのしま》と名付けられた。

アワヂのホのサワケとは、淡路の鮮《ひ》の分国（植民地）という意味である。

この島には豊国軍の一部（六百人）を守備隊として残置した。


伊邪那岐尊は、主作戦の第一段階として、淡島《あわのしま》側が淡路島《あわじのしま》方面に気を取られている隙を衝き、連合軍主力を、淡島の西端伊予の二名《ふたな》（伊予市上灘付近、フタミという地名が残っている）に無血上陸させた。

兵力は淡路島に残置したものを含めて四千五百名で、前回よりやや多かった。

連合軍は、伊邪那岐尊の統一指揮の下、常に大兵力を集中し、最新鋭の鋼鉄製武器と豊富な矢を駆使し、伊予、讃岐、阿波、土佐の順に、各所に於て圧倒的な勝利を収めた。

淡島の各国王・豪族達は、善戦したが、武器が旧式であったのと、四カ国が一丸となって戦うことがなかった為、各個に撃破されてしまった。（補注七）

四、伊予国の占領

先ず、伊予国である。この国は、面積こそ大きいが平地が少なく、松山平地及び西条平地以外には、農業を行える土地が少なかったので、人口も此処に集中していたようである。

伊邪那岐尊は、フタナから松山平地方向に兵を順次に進めたが、道路が海岸沿いの一本しかなく、松山平地に確たる地歩を得るまでに、半月という期間を必要とした。

一方、伊予国王も各地の豪族に急使を派遣し、松山平地の東半部に、千五百名余の兵力を集めた。

讃岐国にも援助を求めたが、讃岐側が兵力の集合に手間取り、やっと六百程の兵力が国境地帯に到着した

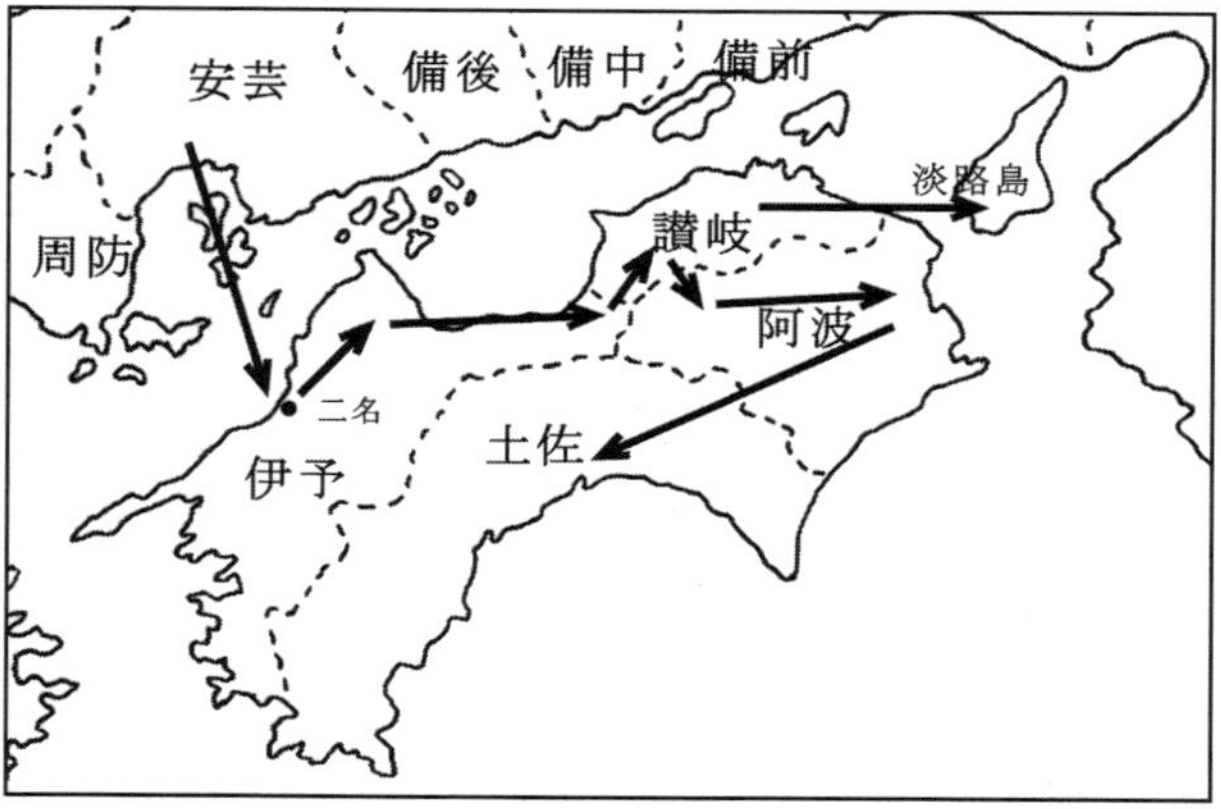

淡島攻略作戦

ものの、戦場からは遠く離れていて、急場には間に合わなかった。

連合軍と伊予国側は、松山平地のほぼ中央で、重信川北岸あたりで対峙した。

伊邪那岐尊は、準備万端を整えた後、兵を四分し、大部分の兵を隠し、伊予側とほぼ同数の一隊を正面に立てて、午後遅く軽く矢戦《やいくさ》を開始させ、相手を拘束することに成功した。

用意した盾の効果は抜群で、連合軍の損害は軽微であった。

夜、正面の兵には篝火を盛大に焚かせるとともに、主力の内、一隊を敵から遠く北東方向から迂回させ、もう一隊を重信川南岸沿いに進ませて包囲の態勢を作り、朝を待った。残りの一隊は後詰めである。

朝、正面と両翼からの包囲攻撃が開始された。

平地での合戦では、兵の数が物を言う。

三倍にも及ぶ兵力に攻め立てられた伊予側は、矢戦が終わる以前に支離滅裂の状態になり、兵はうずくまったまま、自分の頭上に矢が飛んで来ないのを祈る始末であった。

このように、既に勝敗の行く末が見え、伊予国王と豪族集団は堪らず降伏した。

伊邪那岐尊には、このような戦闘の推移が予測できたので、隷下の各将軍には、無益の殺傷を禁じていた。

この為、伊予側に降伏の気配が見えると、戦闘はまもなく終了した。

伊邪那岐尊は、葦原王国の兵力を一部残置し、戦後処理に当てた。

残置された葦原王国軍の将軍は、伊予国王の家臣と共に使節団を編成し、伊予国内の隅々に至るまで歩き、所在の小豪族達に、爾後は連合国に忠誠を尽くすように要請した。

小豪族達は、討伐される恐れもなく、日頃の生活が変わることもないので、易々と説得に応じた。

五、讃岐国の占領

次は、讃岐国である。この国は面積は小さいが、低い山と沼沢地が複雑に絡み合っていて、兵力の移動には時と労力を要した。

讃岐国王は、前回と同様に「鳶王国」と阿波国に援助を要請した。

阿波国からの援兵一千名は到着したのだが、「鳶王国」の援兵一千名は、淡路島に気を取られ、そこに上陸してしまった。

讃岐側も、伊予国での戦闘の情報を得ていたので、国境付近に派遣した前述の約六百名の兵をもって、侵入を阻止しようとした。

連合軍は、約千五百の兵を繰り出して対峙した。

これを見て、讃岐側の国境守備隊は、とてもかなわないと見て、整然と後退した。

後退に当たって、道路には菱《ひし》の実や竹串を埋め込み、道路脇の草むらにも菱の実をばらまいた。

当時の兵は、動員されるまでは農民であり、普段は裸足で耕作に当たっているので、戦場に出てきても半数以上は裸足もしくは手製の草鞋《わらじ》で駆け回っていた。菱の実などを踏むと、当面その兵は使い物にならなくなり、下手をすると破傷風を併発し、死に至る。

国境付近は小丘陵が連なっていて、道は整備されておらず、菱の実等の始末にも手間取り、兵力の推進には苦労した。

先ず観音寺平地を確保し、少しずつ前進して、丸亀平地を観望できる地域を確保した。

讃岐側は鳶王国からの増援の兵が到着しないので、戦力を集めるのに手間取り、それまで連合軍の進撃を妨害できずにいた。

伊邪那岐尊は、ここでも主力の兵を隠し、先ず、先鋒として千五百名程の兵力を丸亀平地に推進し、じわりじわりと前進させた。

讃岐側も戦力を集め、丸亀平地東半分に集結した。その数、約二千五百と数えられた。

伊邪那岐尊は、戦闘直前の兵力の移動を、徹底して夜に限定した。

夜、主力を三隊に分け、その内の二隊を、先鋒の左右に張り出すように配置して埋伏した。もう一隊は後詰めである。

讃岐国王と豪族達は、先年の勝利の味が忘れられず、先鋒との矢戦の後、うかつにも真正面から戦いを挑んできた。

伊邪那岐尊は、当初は矢戦での劣勢を演出し、正面の先鋒部隊をじわじわと後退させ、十分に敵を引き込んだ後、丸亀平地西端に於てしっかり包囲し、今度は徹底した矢戦を行い、多くの豪族集団を撃破した。

追撃に移ったが、勢いに乗った兵は、逃げる讃岐兵に追いつき、「降参しろ」と口々に喚きながら追い越し、遂に、高松平地に行き着く前に讃岐国王の本陣を捕捉してしまった。

讃岐国王は万策つきた格好で降伏した。

この間、阿波国側からの更なる増援は来なかった。


伊邪那岐尊は、大急ぎでかき集めた漁船等で約一千名の兵を送り、淡路島の守備隊を救援するとともに、鳶王国の残存兵力を駆逐した。

この淡路島守備隊は、配置された一カ月後に鳶王国軍の上陸部隊を迎え、戦闘が始まった当初は、豊富な矢があったので互角以上に戦えたが、その後は苛烈な戦闘が待っていて、相互に多くの死傷者が発生し、辛うじて島の南端付近で対峙していたのである。

伊邪那岐尊は、降伏した諸豪族の首長達を集め、連合国への忠誠を誓わせた。

讃岐国王も許されて、連合国の傘下で政務を行うことになった。

この国では、豊国軍の一部を残置して戦後処理に当たらせた。

六、阿波国の占領

次は、阿波国である。この国は吉野川流域に発展しており、「鳶王国」との交易を通じて、かなり豊かで、人口も多かった。

伊邪那岐尊は、山越えでの兵力移動に苦労したが、十日の後には、現つるぎ町付近に兵力を集中できた。

戦闘準備には半月ほどが必要であり、現美馬市付近にまで進出した。

阿波国王は、全豪族に招集をかけ、約二千五百の兵力を揃え、現阿波市西部に集結し連合軍と対峙した。

伊邪那岐尊は、阿波の豪族集団が山地に入ってしまうと、後の始末が厄介なので、南北の山沿いに、約五百名ずつの兵力を進ませ、旗などを大量に持たせ、大きな兵力に見せかけた。

中央の主力の大部分を隠し、先鋒として、一千名程を前面に配置した。

前進は、警戒の処置を十分に行いつつ、ゆっくりと開始された。

阿波国は、吉野川に沿って、だんだんと東方へ末広がりになる地形であり、連合国の兵力は、南北の山地に偏って行って、中央に隙間が出来たように見えた。

阿波国王と豪族集団は、数日間偵察を繰り返した結果、連合国側の中央が手薄になっていると見て、中央突破を行い、連合軍の兵力の分断をねらった。

数個の豪族は、吉野川北岸に沿って、先を争うように殺到したが、兵は集団から離れるのを嫌い、何時しか中央に偏り、団子状になっていた。

これこそ伊邪那岐尊の得意とする包囲作戦に自ら跳び込んだ形であり、伊邪那岐尊は、主力の大部分を夜毎前進させ、罠の両側に埋伏させていたのである。

連合軍の先鋒の一千名の兵が適度の矢戦を展開し、じわじわと後退しつつ相手を罠の底へと誘導した。

午後遅く、三方向から囲まれた阿波豪族集団は、圧倒的な矢数を誇る連合軍に対し有効な対抗手段を失い、指揮は混乱し、兵は降り注ぐ矢を避けるため走り回る烏合の衆と化していた。兵は先を争って東の方向へ逃げ走った。

夜、伊邪那岐尊は、厳重な警戒の処置をして、野営をした。

朝、連合軍の前面からは阿波の兵は姿を消していた。

連合軍は、警戒の備えを怠らず、ゆっくりと前進した。

三日目の夕方、野営の準備を始めた時、阿波国王の使節が来た。降伏の使節であった。あまりの損害の多さに仰天した主要な大豪族達が戦意を喪失したのである。

伊邪那岐尊は、朝を待ち、軍の前進はさせず、阿波国王のもとに使節を送り、阿波国王と豪族の首長達に護衛兵を連れて、連合軍の陣営に来るように伝えた。

一日おいて、阿波国王と主要な大豪族達は、恐る恐る参上した。

伊邪那岐尊は、いずれは我が領民になる大豪族共を深くは追及せず、許した。

このことは、風のように阿波国内に知れ渡り、数日後から、帰順を求める小豪族が続々と参上した。

伊邪那岐尊は、淡島《あわのしま》国王（総督）と阿波《あわ》国王も許し、国内の豪族達を慰撫するよう求めた。

この国には、葦原王国軍の一部を残置した。

七、土佐国の占領

最後の土佐国は、淡島《あわのしま》で最も面積が大きいが、険しい山岳と海に囲まれた国で、住民の多くは山地での狩猟生活を送っている剽悍な山の民が主流であった。

阿波から土佐平地に出るまでが大変であった。

何しろ、道らしい道がないのである。

吉野川の最上流に沿った細い道（現ＪＲ土讃線）の他は、吉野川の支流の貞光川、穴吹川に沿った細い山道、また、海岸沿いの危なっかしい道のみである。大歩危《おおぼけ》・小歩危《こぼけ》などは、文字通り、近年まで難所と言われてきた程である。

それぞれの道は、雨天ともなれば、数日間は途絶してしまうのである。

土佐平地への兵力推進には一カ月程かかった。

土佐平地に蟠踞《ばんきょ》する豪族は十数群で、しかも小豪族ばかりであったので、これの鎮圧は容易であり、戦闘らしいものはほとんど無く、わずか十日で屈服させた。

しかし、土佐国全域は広大かつ険峻な山岳地帯であり、山地の豪族達と連絡を付けるのさえ容易なことではなく、三カ月に及び、ようやく土佐国を平定することが出来た。

八、淡島全土に新国名を付与

淡島《あわのしま》全土は、伊予之二名島《いよのふたなのしま》（以下便宜上「四国」という）と新名称を付けられ、連合国の領土に編入された。

イヨのフタナのシマとは、伊予のフタナ地方に総督府を置いた領土《しま》の意味である。

伊予には愛比賣《えひめ》、讃岐には飯依比古《いひよりひこ》、阿波には大宜都比賣《おほげつひめ》、土佐には建依別《たけよりわけ》という国名を付けた。

男性の名称が付いた讃岐と土佐は豊国の領土になり、女性の名称が付いた伊予と阿波は葦原王国の領土である。

四国全土の総督は葦原王国から伊予国に派遣されることになり、従来の淡島《あわのしま》国王（総督）は隠居させられることになった。その他の各国の国王は、それぞれ葦原王国及び豊国の隷下として存続を許された。

葦原王国及び豊国からは、徴税事務官僚が派遣され、最初の二年間は準備期間として徴税が免除され、三年目からは、その土地の実情に応じた産物が無理のない範囲で納入されることになった（未だ、貨幣経済は始まっていなかった）。

戦後処理（領民の慰撫等）には、地域が広いので、苦労し、長時日を要した。

九、兵站の充実及び規律の維持

兵站《へいたん》とは、前線の兵力を維持増進する為の後方支援処置のことである。
伊邪那岐尊の強みは、兵站を充実させたことである。
人口希薄なこの時代、糧《かて》を敵に求めることは至難の業であり、兵に与える食料を全て本国から輸送することを考えついた伊邪那岐尊は、やはり、戦闘の天才であったであろう。（補注八）
矢は、消耗品であった。矢は、いくらあってもまだ足りなかった。矢が無くては戦そのものが成り立たないのが現実であった。

その為、当初から大量の矢を準備するとともに、戦闘が終わると戦場に落ちている使えそうな矢を拾い集めるのが常であった(勝者の特権)。

戦争に於て、無用の乱暴・狼藉、特に婦女子に対する狼藉は厳に謹むべき事は、古今東西を問わず言い続けられているものの、なかなか守られないのが現実であろう。

しかしながら、人口希薄な古代に於ては、人間こそが全ての生産力であり、伊邪那岐尊は、自軍の兵の命を大切にするとともに、敵兵すらも「いずれは我が領民になる者共だから無駄に殺すな」と言い続けた。また、婦女子には手を出させなかった。

また、当時の捕虜は、戦勝国に連行され「農奴」にされたものであるが、淡島作戦で大量の捕虜を得たにもかかわらず、伊邪那岐尊は、全ての捕虜を解き放った。

これが為、形では他国を攻撃(侵略)したものの、占領政策は全て成功した。

第三章　九州北部の奪取

一、国境紛争

四国攻略も終わり、単に同盟を結ぶのではなく、傘下に入れることが出来た。

葦原王国としては、やれやれ一件落着、といった気分であろう。

連合国の主体である葦原王国としては、強大な熊襲王国と、武力をもって争うことなど考えてもいなかったというのが本当のところであろう。

また、熊襲王国も、連合国の実力を至当に判断し、平和的に連合国との隣国関係を維持したいと考えていた。

ところが、連合国の一員である豊国は、九州の一角に小さな領土しか持たず、この機会に連合国の力を借りて、熊襲の領域内に自らの領土を拡大しようと目論んでいたのに、熊襲王国の本領安堵を許して存続させてしまうのでは、我慢出来るわけがない。

そこで、豊國主尊は隣国との間に国境紛争を起こし、これをだんだんエスカレートさせ、遂に、連合国による討伐作戦を発動させる事に成功した。

国境紛争の相手は、荷持田村《のとりたのふれ》（福岡県朝倉市秋月）に本拠を持つ筑前の羽白熊鷲《はしろくまわし》であり、また、これを筑後の田油津媛《たぶらつひめ》が支援していた。


この討伐戦には、なんと、女王伊邪那美尊が自ら総司令官になり、三千の兵を準備した。

橿日《かしひ》（福岡市東区香椎）に先ず進出し、御笠《みかさ》（福岡県太宰府市水城《みずき》）を経て松峡《まつお》（福岡県朝倉郡筑前町）方向に前進し、羽白熊鷲の本拠に迫った。

荷持田村は、平地から山地への境目に位置する小盆地であり、背後の山々は険しく、土地の者以外は案内無しでは入ることも困難であった。

「羽白熊鷲という熊襲は、どのような男か。」

「土地の住民によれば、白い羽根を広げ、自在に空を飛ぶそうでございます。」

「人が空を飛べるわけはあるまい。おそらく猿飛の術（後世の忍者の基本的能力）でも使って、木から木へ、岩から岩へと跳び移っているのであろう。」

伊邪那美尊は四方に偵察隊を派遣し、敵の主力の所在を求めたが、どこに隠れたか、一向にその姿は発見できなかった。


そうこうしている内に、伊邪那美尊以下があっと驚くことが起きた。

白い羽根を広げた羽白熊鷲が、悠々と空を舞って、連合軍の布陣を見下ろしているではないか。

眼が良い兵の云うことには、大型の羽根のような物に人が乗っているという。

(現代の大凧かハンググライダーのような物であろうか)

「射よ！　射よ！　射て落とせ！」

数百本の矢が放たれたが、一本の矢も届かず、地上では歯ぎしりして悔しがった。

夜。篝火の明かりに映えて、またもや羽白熊鷲が空中に発見された。

地上からは矢が届かないため、あれよあれよと騒いでるとき、突如、本陣の周辺に敵兵が現れ、本陣に向けて斬り込みをかけてきた。

襲撃部隊は精鋭を揃えてきたと見えて、周りに野営していた諸豪族は、見る間に突き崩され、本陣が危うくなった。

一時は、総司令官伊邪那美尊の笠が跳ねとばされるほどにまで刃が届く激闘が続いたが、副司令官の伊邪那岐尊と親衛隊の奮闘により、本陣を守りきった。

熊襲は、十数人の遺体を残し、闇を幸い本陣周辺からは姿を消した。

羽白熊鷲は、連日空中に姿を現し、連合軍の中央から離れている部隊を見つけると、その夜、必ず猛烈な切り込みをかけてきた。

羽白熊鷲と田油津媛の軍は、地の利を得ていた。荷持田村《のとりたのふれ》は松峡《まつお》の東北方に広がる広大な山中にあり、この山地は大軍の戦力を半減させる効果があった。

攻め寄せても、既に敵の姿はなく、麓に引き揚げると、何処からともなく敵が姿を現し雨霰と矢を降らす。

押しても空振りし、休息すると、猛烈な切り込みを受ける。

連日、徒労に近い戦闘を繰り返し、しかも夜は安心して眠れず、連合軍の諸隊は疲れ果ててしまった。

しかし、熊襲の戦い方を会得した連合軍は、徐々に対応に余裕が出来てきた。

一方、羽白熊鷲と田油津媛は、戦場を次第に南の山に移し、連合軍の後方の群れを襲うようになった。

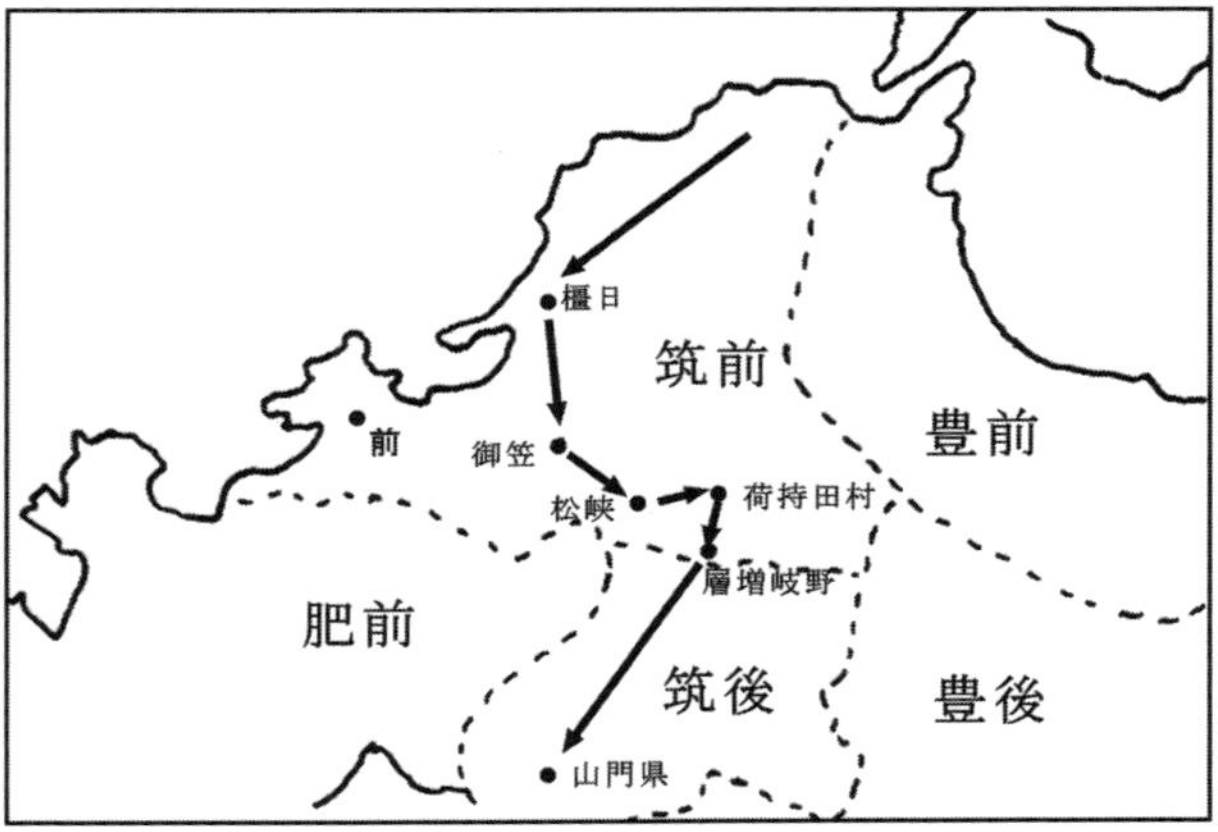

九州島北部の奪取

彼等は神出鬼没のゲリラ戦を展開していたが、連合軍と戦う度に、勇士を次々に討ち取られて、次第に戦闘力を消耗してしまった。逃亡兵もおり、当初一千名以上と見られた兵も七百程に減っていた。

また、食料が底をついたと見えて、度々麓の邑を襲うようになった。

こうなると、土地の小豪族も黙っているわけにはいかず、自警組織を作って、連合軍に協力するようになってきた。

ゲリラ戦は、地域の住民に離反されると、早期に破綻する。

連合軍は、次に襲われる邑は、層増岐野《そそきの》（福岡県朝倉市甘木付近）であると断定し、網を張った。これは大当たりであった。

遂に、羽白熊鷲と田油津媛は、層増岐野に於て連合軍に三方から包囲され、必死の抵抗を試みるが、乱戦の中で、羽白熊鷲は討ち取られてしまった。

敗れた軍と田油津媛は、逃げに逃げて山門県《やまとのあがた》（福岡県みやま市）で捕捉され降伏した。

「首魁の田油津媛は死刑にするもよいが、従った軍兵は、いずれは我が領民になる男どもであり、解き放って、郷里に返すのが望ましい。」

副司令官伊邪那岐尊の進言により、軍兵のすべては、農奴にはされず、許された。

田油津媛の兄夏羽《なつは》が、肥前の軍勢を引き連れて応援に駆けつけてきた。

しかし、時、既に遅く、羽白熊鷲と田油津媛の軍はすでに敗れた後である。

夏羽の軍勢は佐賀平地西端で連合軍を迎えうち、山地を利用して果敢に戦うが、矢が尽きた頃から抵抗は緩慢となり、数日後には連合軍に圧倒され、軍は雲散霧消してしまった。

連合軍は十日に亘って、山中を捜索したが、残敵は何処へ行ったのか、殆ど発見されなかった。

恐らく、弓も矛も棄てて、郷里の邑へ逃げ帰ったのであろう。

二、豊國主尊の活動

伊邪那岐尊の父豊國主尊は、国境紛争を主導した後、連合軍の討伐作戦に便乗し、主として筑前・肥前に出兵し、多くの豪族を恫喝し、地歩を拡大した。

伊邪那岐尊の異母兄弟達は、その手足となって活躍した。

豊國主尊は、使者を多数派遣し、先ず筑前の諸豪族に、豊国の傘下に入るように強要した。

「豊国が、葦原王国と連合を組んだことはお聞き及びのことと存ずる。現在葦原の兵三千と豊国の兵一千とが羽白熊鷲殿と田油津媛殿の兵を追い詰めてござる。まもなく、決着が付く模様でござる。今の内に我が豊国の陣営にお入りにならないと、討伐の対象となり、憂き目に遭うことは必定でござる。よくお考えいただきたい。」

筑前の諸豪族にとって、従来、豊国の侵略には何とか耐えてはきたが、葦原をも含めて兵力四千名というのは、かつて見たことも聞いたこともない大兵力であるので、びっくり仰天して、雪崩を打つように豊國主尊の陣営に降伏の使者を送ってきた。

豊國主尊は、兵千五百を率い、筑前一円を宣撫しつつ、次は同様の使者を肥前の諸豪族に送りつけた。

肥前の諸豪族は、戦場からも豊国からも遠い地方なので、その脅威がピンとは感じられなかった。

しかし、二カ月も経って、羽白熊鷲と田油津媛の軍が敗れ、続いて夏羽の軍も敗れたという噂を聞き、更に、豊國主尊が筑前からかなり離れた肥前の伊万里にまで進出し、見る間に席巻したのを見て、これは本物だと認識し、次々と降伏の使者を送ってきた。

かくして討伐戦は終わり、連合軍は、筑紫（筑前及び筑後）及び肥前を占領し、これ等の国は豊国の領土に編入された。

豊国は「九州島」の五分の一と四国の二分の一に及ぶ領土を保有する事になり、従来の「豊国」から「豊王国」へと脱皮する事が出来た。（補注九）

更に、豊王国は首都を筑前の前《まえ》地方（福岡県糸島市前原）に遷都した。

この為、伊邪那岐尊は、この時点からは、前ツ君《まえつきみ》（前《まえ》地方に首都を置く豊王国の太子）と呼ばれるようになる。（補注十）

伊邪那岐尊と伊邪那美尊は、葦原王国軍を率い、葦原王国へと凱旋し、戦塵から離れて、束の間の休息を楽しむことが出来た。

豊國主尊と豊王国軍は、一年以上の時をかけ、新領土の住民慰撫を行うとともに、各豪族を集め、必要な証人（人質）を差し出させ、事ある時には兵を率いて参集する如く約束させた。その上、各地に有能な代官を派遣し、豊王国の領民として新政権の政策に順応するようにつとめた。

第四章　九州東部の攻略

一、豊前国の占領

事ここに至っては、熊襲王国も黙視する事は出来なくなり、連合国に対して宣戦を布告するに至り、九州全土の各豪族に戦闘準備を命じた。

これに応じて、先ず、肥後国北部の大豪族（津頬《つつら》）がちょっかいをかけてきた。

これには、豊國主尊が適切に対応した。

連合国としては、熊襲王国との全面戦争は避けたいところであるが、熊襲の宣戦布告に伴い、これに対応して熊襲の領域に侵攻することになった。

この度も、四国攻略の時と同様に長期にわたる可能性があるので、葦原王国と豊王国は、再び大遠征軍（連合軍）を編成する必要があった。

再興された遠征軍の総司令官には、再び、副王伊邪那岐尊が就任した。

兵は、葦原王国から二千名、豊王国から二千名、讃岐・伊予から各五百名で、合計五千名が集まることになった。

先ず、先の討伐戦において討ち漏らした豊前の豪族の討伐から始める事にした。

連合軍は、周防の娑麼《さば》（山口県防府市佐波）に集結し、海上機動により豊前へと進攻するように準備を始めた。

ここに、長峡県《ながおのあがた》（福岡県行橋市）の豪族の神夏《かむなつ》磯媛《そひめ》という者が居り、連合軍の討伐作戦が近いということを聞きつけ、帰順することにして、一族を率いて出迎えに来た。

軍船に根こぎにした榊の木を押し立て、上の枝には八握剣《やつかのつるぎ》を、中の枝には八咫鏡《やたのかがみ》を、下の枝には八《や》尺瓊《さかのに》を掛け、舳先には白旗を掲げて参上した。

「どうか攻めないで頂きたい。我々一族は決して手向かいを致すものではなく、今から先、連合国の先鋒として奉仕させて頂きたい。」

「そなたは神夏磯媛と言われるか。多くの船をもって出迎えていただき、感謝に堪えない。し

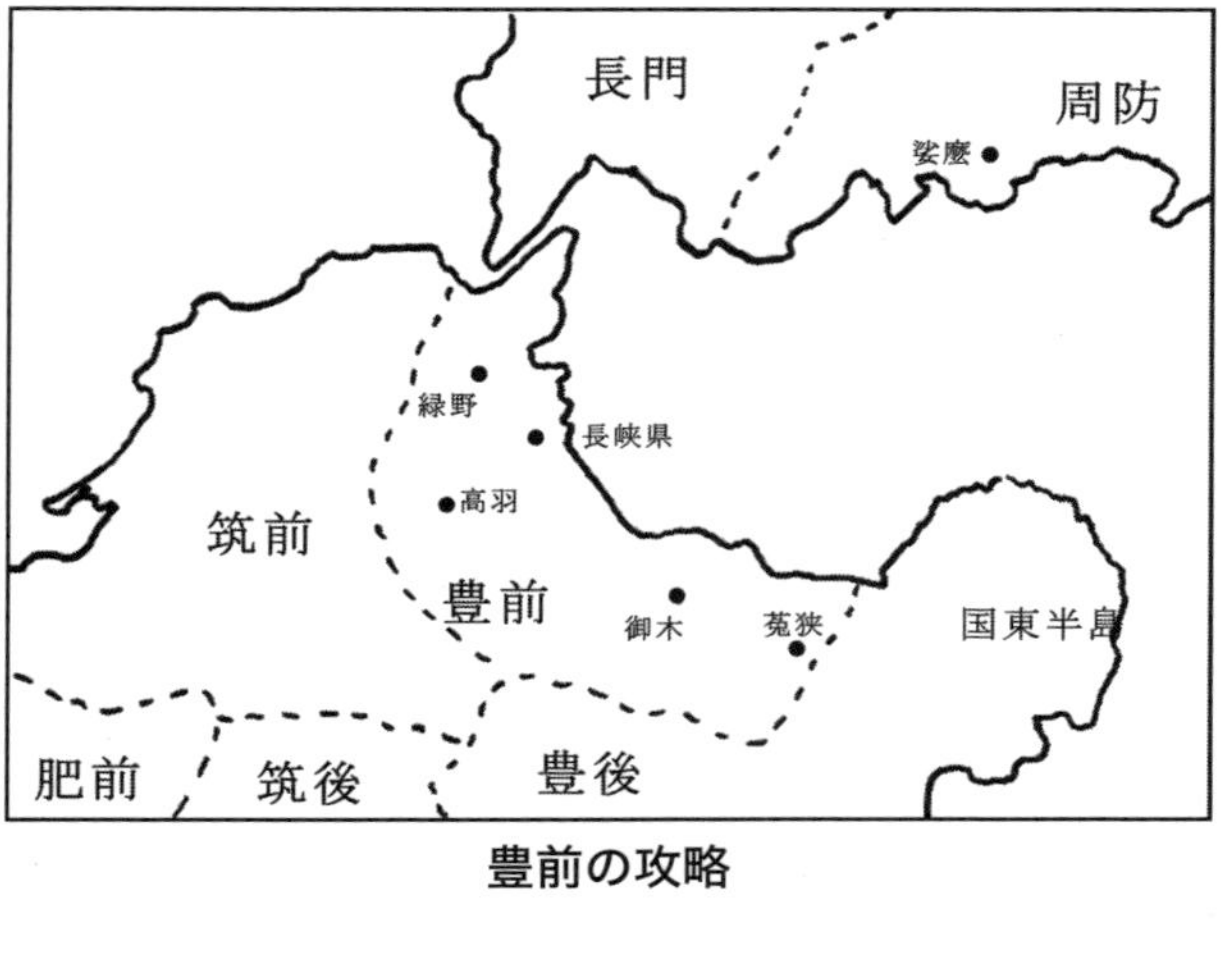

豊前の攻略

て、そなたの一族では兵《つわもの》はいかほどが用意できるのじゃ。」

「はい。およそ三百程でございます。」

「ふむ。葦原と豊は、およそ五千の兵を集める予定じゃ。そなたの一族は、土地の事情に詳しい。戦よりも、道案内や偵察に励んでいただきたい。」

「かしこまりました。一生懸命に勤めさせていただきます。」

伊邪那岐尊は喜び、「兵の命を失うことに較べれば安いものだ」と言って、大量の珍しい引き出物を与えた。


この豪族の情報により、高羽《たかは》の麻剝《あさはぎ》（福岡県田川市）、緑野《みどりの》の土折居折《つちおりいおり》（北九州市小倉南区）、菟狹《うさ》の鼻垂《はなのたらし》（大分県宇佐市）、御木《みけ》の耳垂《みみのたらし》（大分県中津市）の四豪族が居り、いずれも堅固な要害の地に籠もって抵抗の意志を表している事を承知した。

特に、麻剝や土折居折などは、伊邪那岐尊の祖父や父から何度も攻められながら、険しい山岳地帯を利用して防戦につとめ、勝ち抜いてきたため、この度もまた、勝てるであろうと、高をくくっていた。

特に、山岳戦では、ゲリラ戦が有効であり、鎮圧に当たる攻撃側の兵力が五百～八百名ぐらいでは、包囲そのものが難しく、僅か百名程度のゲリラでも捕らえることなど無理な話である。

ゲリラ戦を効果あらしめる要諦は、戦士の堅忍不抜の精神力は当然として、地域の特性を熟知していることと、住民（家族を含む）の支援が欠かせない。

麻剝や土折居折などは、これらの条件を確保していた為、生き延びてきていた。

逆に、鼻垂《はなのたらし》や耳垂《みみのたらし》は、今まで戦そのものの経験もなかった故に、連合軍による討伐など、絵空事にしか見えなかったと言えよう。


先ず先遣偵察部隊として、武諸木《たけもろき》、菟名手《うなて》、夏花《なつはな》の三人の武将を派遣した。

先遣隊長達は、自ら使者となり、降伏するよう説得に努めたが、容易によい答えを引き出すことはできず、その旨を口々に報告した。

「どう説得しても、あざ笑うばかりでござる。日子様の父上に攻められたときにも、大勝利したなどとうそぶき、攻めるならいつでも来い、と言うばかりでござる。」

「うむ、こたびは、ちと辛《から》き思いをさせねばなるまい。」

「左様でござる。別して憎々しげな言を吐く麻剝《あさはぎ》や土折居折《つちおりいおり》などは、首領を始め、一族をなで斬りにしとうござる。首領が大言を吐くたびに、尻馬に乗って罵詈雑言《ばりぞうごん》を浴びせられましてござる。」

「うむうむ、よく我慢した。して、鼻垂や耳垂などは如何じゃ。」

「きやつらは、先祖代々、戦《いくさ》というものの経験がござらぬ。そのくせ麻剝や土折居折にそそのかされて、憎々しげな大言を吐くことは同様にござる。」

「ふむ、やはり征伐せねばなるまいの。じゃがのう、奴らを山に籠もらせては、多くの時と損害を覚悟しなければなるまい。奴らを油断させる為、奴らの弱点を見つけださねばならんのう。」

「左様でござる。」

「何か無いのかのぅ。例えば、内部でいざこざがあるとか、食料の蓄えが少ないとか。山の中では手に入り難いものとか。」

「思い出しました。神夏磯媛の話によりますと、奴らは酒には目がないとのことでござる。毎年、祭の頃になると、首領を始め、一族の主要な者共が長峡県《ながおのあがた》へ下りてきて、神夏磯媛に酒をせびるそうにござる。」

「ほう、山には酒が無いのか。」

「酒はござるが、どぶろくの類でござる故、多くを呑まねば酔わぬそうにござる。」

「それは付け目じゃの。強い焼酎を贈って懐柔するかの。」

「こうしたら如何でござるか。先ず、偽りの和議を結ぶのでござる。その上で、宴《うたげ》を催し、酔いつぶれた頃に、首領を始め、主立つ者を討ち取っては如何でござるか。」

「そのように旨く事が運ぶかの。」

「ここは、神夏磯媛の協力が必要でござる。かの女子は、日子様の扱いにひどく感謝しており、麻剝とは、土地の者同士で、話もうまく通ずるものと思えます。真の和議の使者としてなら、十分説得することができるものと思うのでござる。」

「それでは、神夏磯媛をも欺くことになるのではあるまいか。」

「いやいや、事成った暁に、日子様から陳謝のお言葉と、相当な贈り物がいただければ、事は済むものと思うのでござる。」


これは思いの外、旨く事が運んだ。

先ず、神夏磯媛の手引きにより、麻剝《あさはぎ》との間に、和議を結ぶことに成功した。

麻剝は、大言を吐いてはいたものの、神夏磯媛から聞いた相手の戦力が一千や二千どころではなく、予想を上回って大きい事が判った。

さりとて戦わずして降伏するなどは熊襲の恥だと思いながらも、内心ではびくびくしていたところ、思いもかけず対等の和議の話が出た為、大いに喜び、積極的に和議に応じてきた。

次いで麻剝の手引で他の三豪族とも和議を結ぶ事ができ、程なく和議完結の儀式が行われることになった。

伊邪那岐尊は、和議の引き出物として、莫大な贈り物を提供した。

贈り物の内、葦原製の最新鋭鋼鉄製の剣と要所要所を鉄で補強した鎧は、熊襲の首領や一族・重臣達を驚喜させ、早速着用に及び、これが後で命取りになった。

二カ月の後、熊襲の四豪族は一族・重臣と護衛兵を率いて長峡県《ながおのあがた》に参集した。

伊邪那岐尊は、兵を一千程連れて到着し、和議の儀式が荘重に執り行われた。

その後、大宴会が開始された。

神夏磯媛も和議を仲介した功により、上席を与えられ上機嫌であった。

連合軍の兵達は、船と宴会場の間を何回も往復して強い焼酎を運んだ。

武諸木、菟名手、夏花の三将と数人ずつの家臣達は宴席を取り持ち、焼酎をどんどん勧めて歩いた。

それぞれのお国自慢の歌が出始め、手拍子をそろえて、踊り出す者も出始め、宴もたけなわになった。

焼酎は熊襲の護衛兵達にも配られ、護衛兵達は、あちこちに置かれた焼酎の壺を横目で睨みながら最初は自重していた。

ところが、お調子者の小頭の一人が、味見と称して口に含み、こりゃぁ旨い、と呟いたら、もう堪らず、全員が「味見」を始めてしまった。

伊邪那岐尊は、熊襲達と歓談していたが、いつの間にか席を外してしまった。

宴は延々と続き、既に多くの者が酔い潰れた頃、武諸木等は麻剝達に、わざと些細なことで口論を吹き掛けていた。

酒飲み同士の口論は、延々と続き、お互いが何を云っているのか理解しようともせず、つかみ合いにまで発展しそうであった。

神夏磯媛は、辟易《へきえき》して、席を外して帰ってしまった。

伊邪那岐尊は、兵を掌握し、隊形を整え、頃合いを見て一斉に襲い掛からせた。

先鋒に指定された先遣隊の兵は、葦原製の剣と鎧を持っている者を狙い打ちにし、これらを刺殺してしまった。

護衛兵達の内、抵抗する者のみが傷つけられ、その他は許された。


伊邪那岐尊は、神夏磯媛に莫大な贈り物をして深く陳謝した。

「姫よ、堪忍してくれ。あのようにしなければ、多くの民を殺さなければならんのじゃ。」

「判り申した。分からず屋の首長の一存で、憂き目に遭っていた民、特に女子衆をどれだけ見てきたことか。この度の日子様の扱いはまことに宜しゅう御座いました。」

「そのように申してくれれば、儂もいくらか気が楽になる。」

伊邪那岐尊は、長峡県《ながおのあがた》に司令部を置き、ここを「みやこ」と称した（現みやこ町）。

また、各武将を豊前の各地に派遣して、住民を慰撫し、民生を安定するための処置を講じ、二カ月間をかけて戦後処理を行った。

二、碩田《おほきた》地方の占領

次の目標は、碩田（大分市）地方の占領である。

十月、連合軍は陸路、国東《くにさき》半島を横断して南下し、その先頭が速見邑《はやみのむら》（大分県速見郡日出町）に到着した。

そこへ、その土地の豪族速津媛《はやつひめ》が自ら参上して来た。

「そなたは速津媛といわれるか。そなたの所へも熊襲の国王から何か指図があったことと思うが、どのようなことを言ってよこしたのかの。」

「はい。力を尽くして防げ、との事でございましたが、私どものような小さな邑《むら》では、何も出来ませぬ。」

「ふむ。そなたはこのあたりの事情に詳しいものと思うが、何事か出来そうな大豪族は、何処にどのくらい居るのじゃ。」

その情報によれば、鼠《ねずみ》の石窟《いはや》（湯布院盆地）には、青《あお》及び白《しろ》と名乗る豪族がおり、また、直入県《なおりのあがた》（大分県竹田市西方）には、打猨《うちさる》、八田《やた》及び国摩侶《くにまろ》と名乗る豪族がおり、それぞれ五百以上の兵を集めることが出来るとのことである。

彼等は、熊襲国王の本拠から遠く離れている為、好き勝手に振るまい、野盗まがいの行為を常々行う等、付近の小豪族や、庶民から蛇蝎のように嫌われていた。

　これを聞いた伊邪那岐尊は、悪質な豪族共は懲らしめなくてはなるまいと考えた。

「速見邑は良きところではあるが、敵の熊襲とは離れすぎている。また、大軍を養うには狭すぎる。南へ下がって広きところに兵を進めよう。」


　一方、この地方の熊襲の大豪族は、大きな戦などは見たこともなく、豊前での連合軍の動きは噂では承知しているものの、その総兵力などは判らずにいた。

　青・白・打猨・八田・国摩侶などは、自らの兵力に自信を持ち過ぎていたのであろう。

「千や二千の兵を連れてきたところで、山の中に入ってしまえばこっちのものだ。叩き潰して追い返してやろう。」

「そうじゃ。俺たち山の男の強さを見せつけて、二度と来ないようにしてやるべし。」

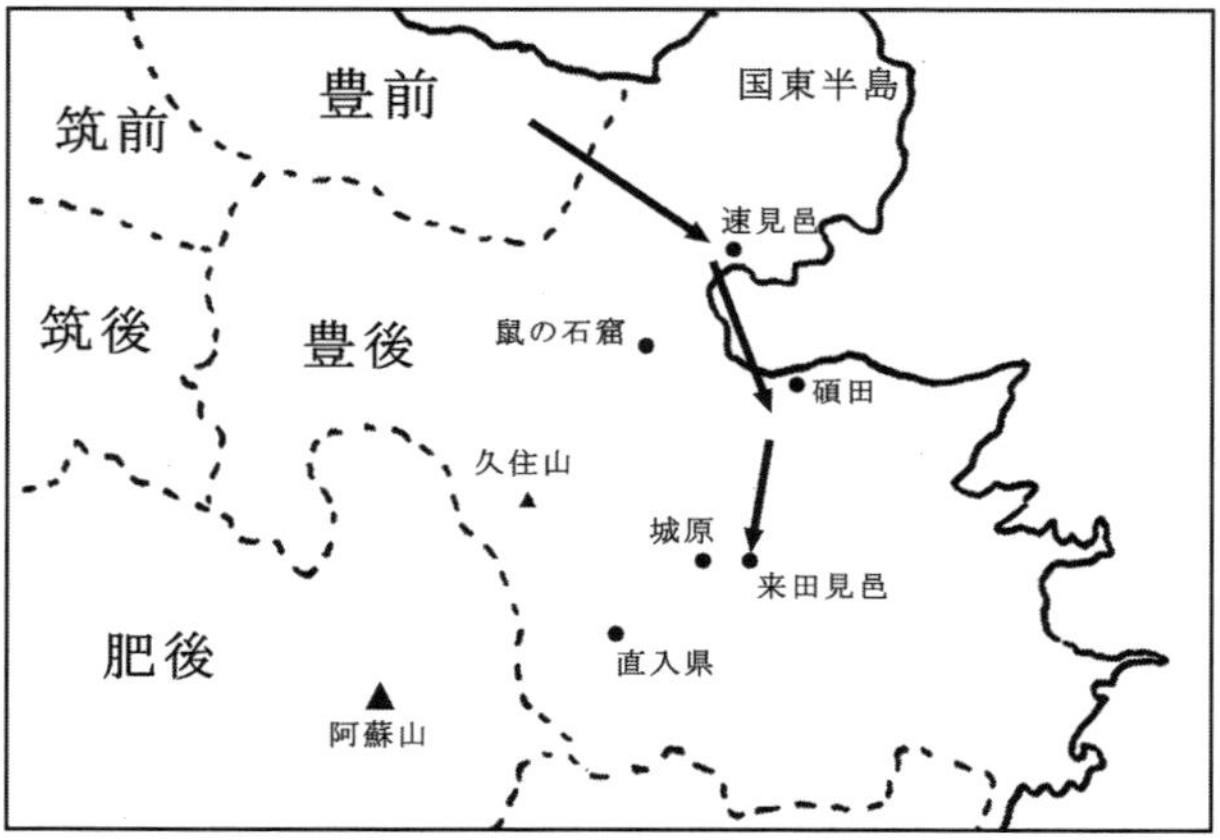

大分の攻略

青と白は、兵をまとめて、自らが戦いやすい久住連峰の麓へと移動するとともに、打猨達と連絡を取り、連合軍を山中で挟み撃ちにすることにした。

久住連峰は、標高一七〇〇メートル級の山々が連なっており、最高峰中岳は九州での最高峰（一七九一メートル）である。

この連峰から流れ出る川は、無数にあり殆どが先ず東南に向かい、深い谷が特徴である。

伊邪那岐尊は、兵を順次進め、碩田《おほきた》（大分市）に集結させた。

その間に、沿道の小豪族や住民からいろいろな訴えを聞き、青・白・打猨・八田・国摩侶などの暴虐は目に余るものとの認識を新たにし、今回だけは、徹底的に殲滅しなければなるまいと決心した。（補注七）

速津媛《はやつひめ》には鼠《ねずみ》の石窟《いはや》の偵察を命じ、西方及び南方には自らの偵察隊を多数派遣して敵の様子を探らせた。

その結果、青《あお》及び白《しろ》は久住連峰方面に南進移動して集結していることが分かった。

昔も今も軍勢と言われる集団を動かすには道路というインフラが不可欠の要素である。

土地の豪族の主に聞けば、青と白が集まっている場所は、あそこしかないという明確な場所が答えられた。伊邪那岐尊は、相手の所在を正確に摑めたということである。

青及び白は、打猨《うちざる》等と連携し連合軍を挟み撃ちにする形ではあるが、互いに距離が離れすぎているので、必ずしも連携が旨くいっているとは思えず、伊邪那岐尊は、一方面ずつ各個撃破が可能であるとの判断に達した。

伊邪那岐尊は、兵を南下させ、更に敵を求めて西方山地に進出し、来田見邑《くたみのむら》（大分県竹田市）に本営を置いた。


熊襲は戦意は旺盛だが、その武器は旧式で、矛・鏃《やじり》など鋭利さを必要とするものは、銅を使用している他、石を研ぎ上げて使用しているものもかなり有ると報告された。

中には矛などを持たず、弓と棍棒で武装している者も多数居るとのことである。

「今、大兵力を動かして一気に攻め寄せたいところだが、熊襲は我が戦力と優秀な鋼鉄製武器を見れば、恐れて山野に逃げ隠れてしまい、後の始末が厄介なので、熊襲に油断をさせなければなるまい。」

「されば、猛《たけ》き兵を選んで先鋒とし、椿の木でも削った粗末な棍棒を持たせ、敵の先鋒と打ち合いつつ、少しずつ下がらせては如何でござる。」

「それは良い。先鋒が下がってくる谷の両側に兵を伏せて置くが良かろう。」

伊邪那岐尊は、多くの偵察隊を派遣し、熊襲の集団の現在の所在を摑むとともに、自ら前線に出て、熊襲との決戦の場所を選定した。

先鋒部隊の編成も終わり、戦い方の予行演習までしてのけた。

埋伏する部隊の将には、昼間の内に地形を見させ、戦場への移動は夜間に行わせた。


青《あお》及び白《しろ》の軍との戦闘は久住連峰の東南麓で開始された。

連合軍の先鋒である精鋭棍棒部隊は、じわじわと進んだ。

山の高見から見ていた熊襲は、その兵力を約四百と数えた。

「なんじゃ。葦原の兵は矛も持たないのか。弓と棍棒ならば、俺たちの方が強いぞ。」

「そうじゃ。矢戦を仕掛けて、百人も殺したら突っ込もうぞ。」

熊襲は、これは絶対に勝てると判断し、先鋒として青《あお》の六百名を進め、後詰めとして白《しろ》が五百名をもって攻め下ろしてきた。

連合軍の先鋒部隊は、熊襲の先鋒部隊と遭遇した時、矢戦にもわざと劣勢に立ち、接近戦になっても恐れているふうを装い、棍棒で叩き合いをしながらジリジリと退がって、熊襲の主力部隊をうまく城原《きはら》（来田見邑《くたみのむら》北西）方向に誘い込んだ。

十分に展開し、満を持して潜んでいた連合軍主力は、一斉に立ち、攻撃を開始した。

いつもは「殺すな。傷つけるだけでよい。」と言われているのに、今回は、「山賊共だ。皆殺しにしてもよい。」と言われて、兵は歓声を挙げた。

実は、殺さずに傷つけるだけというのは、手加減を要し結構難しい技なのである。

連合軍は、熊襲軍主力を両側から包み込み、矢を雨霰《あめあられ》と射ち込み、怯んだところへ最新鋭の矛を揃えて突入し、これを撃破した。

更に、残敵を徹底的に追撃し、稲葉川の上流にまで追い詰めて殲滅してしまった。流れる敵の血潮は踝《くるぶし》にまで至り、稲葉川を真っ赤に染めたという。


「この度の戦は面白かったのう。」

「うむ、わしは五人もぶち殺したぞ。」

「なんの、わしは七人じゃ。」

この戦勝に気をよくした連合軍は、久住山麓から南下し、十分な偵察もしなかった。

或いは、偵察はしたのだけれど、熊襲が旨く隠れていたともいえる。

連合軍の主力は、城原《きはら》（竹田市城原付近）から来田見邑《くたみのむら》まで南下した。

ここで隊形を組み直し、禰疑《ねぎ》山（竹田南西側）に籠もっていると思われる打猨《うちさる》等の熊襲軍に攻め寄せた。

山地での戦闘は、戦力が前後左右に分散しやすい。

連合軍は、最初は一つにまとまっていたのだが、いつの間にか二本の谷沿いに分かれてしまった。進むにつれて稜線は高く険しくなり、二つの部隊相互の連携は途切れてしまった。

これこそ熊襲軍が準備した地域であった。彼等は山襞を利用して見事に隠れていたのである。

連合軍は、側面から雨霰のように飛び来る熊襲軍の矢に射すくめられ、指揮は混乱、死傷者が続出し、兵はパニックに陥って我先にと逃げ出し、遂に全軍が、来田見邑まで退却せざるを得なくなってしまった。

混乱した兵を集めて再編成するのには数日を要した。

情報を収集し、陣容を整え、両翼の警戒の処置を講じてから慎重に攻撃を再興することにし、朝を待った。

熊襲軍は、緒戦で勝ったので、大いに気をよくしていた。

「葦原の兵は弱いのぅ。麓で集まっているようだが、もう一度来たら、只ではおかんぞ。今度こそ叩き潰して皆殺しにしてくれる。」

「何をグズグズしているのだろう。早く攻めて来んかのぅ。」

「いやいや、待っていたとてラチがあかん。今度はこちらから攻めてやろうではないか。」

熊襲軍は、数日間待っていたのだが、遂に待ちきれなくなり、今度は真正面から攻め掛かって来た。

連合軍は熊襲の先鋒の八田《やた》の軍に対し、中央の一隊が猛烈な矢戦を行っている間に、右翼の一隊が側面のかなり奥深くにまで進んで展開した。

二方向から包囲した連合軍は、更に多くの矢を射込んで圧倒し、次いで矛を揃えて突撃して、山際に押し詰め、見る見るうちにこれを撃破してしまった。

山中に逃げ散った敵は放置し、山から攻め下ろしてきた打猨《うちさる》や国摩侶《くにまろ》の熊襲軍主力には、徹底した矢戦を仕掛けて損害を強要し、怯んで後退を始めたこれらを追い続けた。

後続部隊は補給隊となり、食料や矢を担ぎ上げることになった。

追撃は延々と続き、熊襲は、損害続出し、とても勝てないと悟り、首領格の打猨《うちさる》以下が「降参」を口々に申し立てたが、これを聞き入れず、勢いに乗って、南方の山岳地帯方向へと攻め続けた。

夜になっても、松明を掲げて徹底的に追撃し、遂に、敵を断崖から追い落として殲滅してしまった。


伊邪那岐尊は、この地でも、豊後国の各方面に武将を派遣し、約二カ月を費やして戦後処理を行った。

特に、首長や兵を殲滅してしまった部族の新しい首長の選定は慎重に行い、住民の慰撫に意を用いた。

この地方の小豪族達は、厄介者が退治されてしまったので、おおむね、連合軍に好意的であり、連合軍は、食料や矢の補給が円滑に行われた。

第五章　熊襲王国との直接対決

一、一時的な休戦

連合軍は、山中の険しい道を取り、日向《ひむか》（宮崎県日向市）に到着した。その間、山中の小豪族達を宣撫した。補給品は、海路で運ばれた。

連合軍は、周囲の様子を見ながらゆっくりと前進し、一カ月後には子湯県《こゆのあがた》（宮崎県西都市）付近の主要な地形上の要点を確保した。

この間、この付近の平地に蟠踞する熊襲の小豪族十数群を宣撫した。大豪族は、熊襲国王の招集に従い、南の方へ移動しているようである。

子湯県は、一ツ瀬川の流域にあり、かなり開けた地である。

この時点で、熊襲国王の勢力範囲はなお広く、薩摩国・大隅国・肥後国・日向国南半部等であり、動員可能兵力もかなり多いと思われた。

「熊襲の様子は、かなり判ってきたようじゃの。」

「熊襲の首領は、厚鹿文《あつしかむい》と迮鹿文《さかむい》の正副二王でござる。これに、八十梟帥《やそたける》といわれる多くの豪族が付いていて、熊襲族の力は侮れないものと見てござる。」

「して、兵の数はどうじゃ。」

「八十梟帥の兵は、併せておよそ四千にはなりそうで、それに熊襲の王が直属の兵千人を持っていると考えれば、五千にはなろうかと思うのでござる。」

「五千か、ちと多いな。わが方も五千は居るが、熊襲は、地の利を得ておる。まともに戦えば、勝てそうにもないのぅ。」

「本国に使いを走らせ、あと二千ほど兵を集めましょうか。」

「いやいや、本国でも、これ以上の兵を差し出せば、若い男は居なくなるであろう。」


正攻法では、なかなか勝てそうにもないという事が判明し、謀略を使う事になった。

先ず、莫大な贈り物をして休戦交渉を行い、偽りの和議を結び、そのうちに内情を詳しく探って不意打ちを掛けようという事になった。

使者が往復し、熊襲国王には勿論のこと、その隷下の主要な豪族達にも莫大な進物が贈られることになった。

当時、日本列島内で最も文化が進んでいた葦原王国の産物を中心にした贈り物は、絹・麻・木綿等の織物をはじめとして、各種のきらびやかな手工芸品等、その質及び量ともに、熊襲王国の多くの人の目を驚かすに足るものであった。

国東半島での贈り物と同様、最新鋭の鋼鉄製の剣や鉄で補強した鎧は、熊襲の主要な武将に配分され、受け取った武将らは驚喜し、熊襲の一般兵士等を羨ましがらせた。

熊襲国王は、決して気を許したわけではない。

しかし、打猨《うちさる》等の敗北の情報を聞き、連合軍の戦闘能力を至当に評価した。

この際、一時的にでも休戦しなければ、じり貧に陥るであろうと判断した。

休戦の期間が長ければ長い程、熊襲としては有利であり、兵力の集中も可能であるし、地の利もあるので、その後連合軍の気の緩みを待って、反攻するのも一案だと判断した。

休戦交渉は紆余曲折はあったが、二カ月後には順調にまとまった。

証人（人質）として、熊襲国王厚鹿文《あつしかむい》の王女である市乾鹿文《いちふかむい》及び市鹿文《いちかむい》の姉妹が到着、伊邪那岐尊は姉の市乾鹿文を妃の一人として寵愛した。

市乾鹿文は、伊邪那岐尊の寵愛に感激し、また、連合国の文化に触れてこれに憧れたが、国王厚鹿文《あつしかむい》が連合国の傘下に入る事を拒んでいる理由が理解出来ず、次第に国王を憎むようになり、遂に、伊邪那岐尊に次のような提案をする。

「日子の君、熊襲が従わないと言って御心を悩ませ賜うな。私に良いはかりごとがありますので、一人二人の兵士をお貸し下さいませ。」

伊邪那岐尊は、市乾鹿文《いちふかむい》が国王厚鹿文《あつしかむい》を説得するつもりらしいと思い、屈強の兵を数人護衛につけて里帰りをさせた。

里（薩摩国）へ帰った市乾鹿文は、自分が伊邪那岐尊に寵愛されており、連合国の文化がいかに優れているかなどを話しつつ、国王に強い酒を多量に勧めた。

厚鹿文は「うむ。うむ。」と頷きながら呑んでいたが、酔って寝込んでしまった。

市乾鹿文は国王の弓の弦を切り、身辺にあった剣などを遠ざけて抵抗できないようにし、連れてきた護衛の兵を呼び込んで殺させてしまった。

市乾鹿文と護衛兵は、なぜか追跡もされず無事に熊襲領内を横断、連合軍の陣営に帰り着き、伊邪那岐尊に顛末を報告した。

熊襲王国との直接対決

熊襲王国の国王たる人物が、なぜ、簡単に暗殺されてしまったのか。警備兵や宿直《とのい》はいなかったのか。

また、恐らく妾腹であろうとも、王女の市乾鹿文が、なぜ、父親を殺そうとしたのか。日本書紀には、詳しい経緯については、殆ど記されていない。

所詮熊襲は蛮族だからといった、従来の蔑視史観の為せる業か。

二、熊襲の怒り

王者を失った熊襲一族は怒り心頭に発し、新たに迮鹿文《さかむい》を国王に推戴し、一族団結して大戦力を編成し、連合軍に対して激しい戦闘を挑んだ。

伊邪那岐尊は、いずれは熊襲王国を屈服させるつもりであったが、この時期、政治的にも軍事的にもほとんど準備が出来ていなかったので、連合軍は慣れない土地での苦戦を強いられた。

伊邪那岐尊は、熊襲の王者暗殺の当事者の市乾鹿文を死刑にすることにして陳謝の意を表し、熊襲王国に対して休戦の継続を申し入れた。

しかし、熊襲一族の怒りは解けず、多くの豪族を前線に推進し、ますます攻撃は激しくなった。

連合軍は、当初のうちは連戦連敗していた。

遂には、子湯県《こゆのあがた》付近の要地をも放棄せざるを得なかった。

しかし、武器の優劣の差が次第に効果を表し、戦う度に熊襲の中心的な役割を果たしている勇士を討ち取っていった。

その上、伊邪那岐尊の天才的な作戦指導によって、熊襲の豪族を、一つずつ撃破し、劣勢を優勢に切り替えつつあった。


ある日は、伊邪那岐尊は、兵を後方に置いたまま武将達を引き連れて最前線に出てきた。

「猪鹿《いしか》、おぬしの兵は四百程だったの。あの丘におる敵は六百と見たがどうじゃ。」

「仰せの通りでござる。」

「手頃な相手じゃな。おぬし、矢戦《やいくさ》だけして下がってこい。兵の全員に二十本ずつ矢を持たせて、矢を惜しまず全部射ち込め。」

「承知致しましてござる。」

「今日は霧が出始めた。笹影、霧に紛れて右から囲め。冬花、おぬしの兵は左から囲め。武麻呂、おぬしは後詰めじゃ。その他の者は後方に下がって姿を見せるでないぞ。」

たったこれだけの指示を与えるだけで、各武将が、自らの果たすべき役割を理解するなど、伊邪那岐尊の采配は見事と云うべきであろう。

猪鹿は、兵士全員に盾と武器を持たせ、散開して前進した。相手も、猪鹿の兵力を数え、これは勝てると判断したのであろう。籠もっていた地形地物を棄て、散開して対峙した。

矢戦が始まった。相手の矢は、用意した盾のお陰で、殆ど効果を表さなかった。猪鹿の兵が射込む矢の数は圧倒的で、相手の多くを傷つけ、兵力は互角に近づいた。

矢戦の終わり頃、猪鹿の兵は口々に罵詈雑言《ばりぞうごん》を発し、相手を挑発した。挑発に応じて、熊襲の兵が前進してくると、抵抗しつつ後退を開始した。

ここでも持参した盾が大いに役立ち、猪鹿の兵は殆ど損害を受けることなく約二百歩の後退をしてのけた。

頃は良し。丘の両側に潜《ひそ》んで囲んでいた笹影と冬花の兵が一斉に立ち上がって、雨霰と矢を射込んだ。これで勝負あった。

熊襲の応援の兵（約五百）が到着したが、これは焼け石に水の譬えの通りで、連合軍の大量の矢に追い立てられて逃げ散った。

出撃して大量の矢を射ち込んで多くの敵兵を傷つけ、相手が態勢を整えて接近戦になると、わざと後退を続けて相手を十分に引き込んでから包囲するなど、伊邪那岐流の戦い方を十分会得した連合軍は、損害が少ない効率的な戦闘を繰り返した。

戦の後半は戦闘の主導権を獲得し、主として熊襲王国の東部（宮崎平地と都城平地等）において、半年に亘って戦った。

この二つの平地の間には険しい山々があり、兵の移動には苦労した。

熊襲にも策士は居たのであるが、どうも、全般を見渡して強力な統制を行う指揮者は、後方にいたと見えて、熊襲は勇猛ではあったが、一～二部族単位で戦う事が多く、連合軍は、常に大量の兵を一点に集めて圧倒することが出来た。

熊襲は地の利を得ていた為、伊邪那岐尊は、どの戦場でも敵の四倍の兵力を揃えることが出来なければ、戦闘を開始しなかった。

また、地形の活用にも意を用いており、必要ならば、既に獲得してある土地を棄て、三千から五千の兵力に見合った戦場を求めて移動することもしばしば行った。

このため、一時は都城平地まで進出したのだが、熊襲の反撃を受け、戦いやすい場所を求めて、敢えて宮崎平地方向に後退した。

戦場は、多くは小丘陵と平地とが入り交じっている場所が選定された。

このような地形は、戦い易く、かつ、伏兵を隠しておける谷が得やすい為、伊邪那岐尊は好んで使った。

かくして、熊襲の八つの大部族が撃破されたところで、熊襲国王も戦闘を継続するのが困難との結論に達し、使者を派遣して講和を求めてきた。

講和とはいうものの、実質的には全面降伏であった。

これを承認して、ようやく熊襲を屈服させる事が出来た。


熊襲王国の戦後処理は大事《おおごと》であった。

国王が降伏したと云っても、元々が反抗精神の強い土地柄である上、熊襲本国の主要な土地（薩摩・大隅・肥後地方）そのものは戦場にもなっていなかった。

武将を派遣して、住民慰撫をしようとしても、容易になびく風土ではない。

やむを得ず、戦後処理は、熊襲国王以下に任せることになってしまった。

三、九州島の領有

伊邪那岐尊は、今回の遠征で得た領土を安定する為に、日向《ひむか》に臨時の首都を置き、新領土を四個の国に区分し、豊國主尊と相談しながら、一族の主要な者を国王に任命、その下の小国（郡《こほり》・県《あがた》・邑《むら》）の首長には土着の豪族を任命、住民を慰撫し、農民を育成し、兵を徴発して訓練する等、三年間にわたって懸命の努力を傾注した。

この為に、将軍と兵を各所に派遣し、新国王を援助させた。

特に、戦場にならなかった肥後国を重視した。

一年も経つと、これらの各事業も軌道に乗り始め、先行きが明るくなってきた。

二年目からは、少しずつ将軍と兵を日向に呼び戻し、順番に帰国させた。

将軍も兵も、早く帰国の順番が来るよう願って、懸命の努力を傾注した。

最終的には、葦原王国の兵五百と豊王国の兵千五百を残した。


かくして、九州全土には筑紫島《ちくしのしま》という新名称が与えられ、豊王国の領土に編入された（便宜上「九州」という）。

チクシのシマとは、筑紫国《ちくしのくに》に首都を置く領土《しま》という意味である。

筑紫国《ちくしのくに》には白日別《しらひわけ》、豊国《とよのくに》には豊日別《とよひわけ》、肥国《ひのくに》には建日向日豊久士比泥別《たけひむかひとよくしひねわけ》、熊襲国《くまそのくに》には建日別《たけひわけ》という国名を付けた（宮崎平地以北の日向国は、豊国《とよのくに》に編入された）。

筑紫島の諸国の名称には、必ずヒ・ワケが入っており、鮮《ひ》（シンル系）の分国の意味が付けられている。

なお、肥国の国名は、タケヒ＝熊襲族、ムカヒ＝不知火族、トヨ＝豊族、クシヒネ＝奇《く》し火の峯《ね》（阿蘇山）という内容を含み、熊襲と不知火と豊の国が崇める阿蘇山の国という意味を持っている。

第六章　巡　狩

　ようやく戦後処理も終わったので、新領土一円を巡狩（巡視）する事になった。

　巡狩とは、新占領地の住民を慰撫し、それぞれの土地の豪族の向背を確かめ、農業の振興を策し、豊王国としての基礎を確立するために重要な処置であり、占領地内を縦横に歩き、約三カ月間の行程となった。

　春、親衛隊の将軍八人と兵二千名を率い、臨時首都日向《ひむか》を発ち、海岸沿いに南へ向かい、現在の宮崎市付近を経て、霧島山方面に方向を変えた。

「左手に見える山は面白い姿の山じゃのう。」

「霧島山にござる。」

「ふむ。」

「熊襲は霊山としてあがめておるそうにござる。」

　霧島山は休火山である。頂上付近にはいくつかの噴火口が残っていて、現代は水をたたえているものもある。

後世の歴史家によって、三代目の子孫が天空から降臨（天孫降臨）したと捏造され、伝えられることなど思いも寄らぬことであった。

途中の風景などを愛でながら、夷守《ひなもり》（宮崎県小林市）に到着した。

ここは山中の盆地状の土地であり、地積は広いが、火山灰の土壌の為、作物の種類は、葦原や筑前とはかなり異なっているように見受けられた。

ここで諸縣君泉媛《もろかたのきみいずみひめ》等のもてなしを受けた。

その案内であたり一円を視察し、霧島山を眺めたりした。

農作物の作付けや生育に苦労している等の説明を受け、土地が変われば、農業のあり方も変わるものとの感慨を抱いた。

痩せ地であるので、年貢の徴収には手加減を加えるように、役人に命じた。

特別な陳情はなかったが、熊襲国との国境に位置しているので、困ったことがあれば、豊国《とよのくに》国王に申し出るよう指示を与えた。

次いで、現えびの市付近を経て、熊縣《くまのあがた》（熊本県人吉市）に向かったが、山中の険路には難渋した。

現代では九州自動車道も国道二二一号線も長い長いトンネルで結ばれているが、当時はどのようにして越えたのであろうか。旧国道も残ってはいるが、かなり険しい。やはり、山襞《やまひだ》から山襞を廻って、ゲジゲジ登ったのであろうか。

ようやく山を越えて、熊縣《くまのあがた》に到着した。

ここも山中の盆地であるが、東西に伸びる耕作可能地はかなり広く、豊かな生活が垣間見られた。

ここで縣主の熊《くま》津《つ》彦《ひこ》兄弟を招致するが、兄は参上したが弟は来る気配がない。

そこで、不参の理由を問いただすが、言を左右にしてまともな返事がない。とかく不遜な言動が多いので、兵を遣わして弟を誅殺した。

この地は戦場になっていなかったので、豊王国の力を過小評価していた嫌いがある。

この内陸部の盆地はかなり

巡狩

広く、とにかく小さな川が多く橋などの整備は不十分な為、巡視に十五日間も要した。数個の邑を統括する大豪族は、それなりの勢力を持っているので、なおざりには出来ず、それぞれ一日ずつを費やして引見し、要望を聞き、指導をしなければならなかった。伊邪那岐尊は、自ら主要な邑々を巡り、山間の僻地には、代理の将軍を派遣して、住民を慰撫した。

次いで、西方山中の谷川沿いの道を踏み分けて、葦北《あしきた》（熊本県芦北郡芦北町）におもむいたが、ここから北へ向かう適当な道がないので、急遽、多くの船を調達した。海路八代縣《やつしろのあがた》の豊村《とよのむら》（熊本県八代市）へ行き、河口の小島で一泊した。途中で不知火を見て不思議な火であると感想を述べている。八代縣《やつしろのあがた》は球磨川と数本の小河川による沖積平野で、田畑が発達していて、かなり豊かな土地柄であった。

ここはかなり広大な地域であるので、伊邪那岐尊は十日以上もかけ、自ら歩き回り、じっくりと視察し、十数人の豪族達を引見した。

次いで、海路により、肥前国の高来縣《たかくのあがた》（長崎県島原半島）に至った。島原半島南端に上陸し、海岸沿いに現島原市を経て、現諫早市付近までを視察したが、雲仙山系の山襞《やまひだ》が複雑であり、視察に十五日間という長期間を要した。

この土地も火山灰土で覆われており、農業を行う為にはかなりの工夫が為されていた。

伊邪那岐尊は、各所で農民の努力をほめてやり、豪族達の信頼を獲得した。

再び海路東進し、肥後国の玉杵名邑《たまきなのむら》（熊本県玉名市）に上陸した。

この土地は、菊池川による沖積平野であり、面積も広く、地味豊かな農地が発達していて、かなり豊かな土地柄であった。

ところが、この土地の大豪族津頬《つつら》が不遜な態度を示し、無礼な振る舞いがあったので、これを誅殺した。

この豪族津頬《つつら》は、宣戦布告後、熊襲国王の命令に応じ、最初に矛先を向けてきた一族であった。ここも、豊王国の力を過小評価していたらしい。

伊邪那岐尊は、この土地でも自ら歩き回り、各地の小豪族達を激励した。

次いで、陸路東に方向をとり熊本平野北部の大小の豪族等を引見しながら、阿蘇国《あそのくに》（熊本県阿蘇山西方地域）に至ったが、茫漠と広がる火山灰の高原で、農地はおろか、人家も見あたらない。

「土地は広いが、ここには人は居らぬのかのう。」

「さて、この火山灰の土地では、作物が育たぬのでござろう。」

「お。なにやら人影が見えましたぞ。」

ようやく出現した阿蘇都彦《あそつひこ》及び阿蘇都媛《あそつひめ》を引見したが、狩猟や牧畜を生業として居るようであった。

再び西に向かい、御木《みけ》（熊本県大牟田市）に至り、暫く滞在して付近を歩き視察した。

この時、クヌギの大木が倒れており、伊邪那岐尊（前ツ君《まえつきみ》）も将軍達もその木の幹を橋のように渡ったという。

時の人、歌詠みして曰く、

「朝霜《あさしも》の　御木《みけ》の狭小橋《さおはし》　前ツ君《まえつきみ》　い渡《わた》らすも　御木《みけ》の狭小橋《さおはし》」

「この木は何の木じゃ。」

「この木は、クヌギと申しまする。かつて、倒れる以前には、朝日の光に当たりて杵嶋山《きしまやま》を隠し、夕日の光に当たりて阿蘇山を隠しました。」

「ふむ。杵嶋山というはどの山じゃ。」

「へぃ。その広い海の遙か向こうに見えまする小高い山にござりまする。」

これから先は、以前倒した羽白熊鷲《はじろくまわし》との戦跡などを視察しながら、豊王国の首都へと帰還することになった。

先ず、北上し、八女縣《やめのあがた》（福岡県八女市）に至り、土地の大豪族八女津媛《やめつひめ》を認知した。

次いで、的邑《いくはのむら》（福岡県うきは市）に至り、ここから北上し、筑紫国の豊王国首都（福岡県糸島市前原）に至った。

ここで、豊王国軍を残置して豊國主尊の指揮下に入れた。

爾後、葦原王国軍を率いて葦原王国の首都オホに凱旋した。

この巡視経路を見るに、熊襲国本国（鹿児島県）内には一歩も入っていない。熊襲とは最終的に講和を結んだだけで、一応豊国の傘下に入れたものの、旺盛な戦意と敵意を持つ熊襲族をはばかり、大幅に自治権を認めたのではなかろうか。

第七章　「大八島国」の誕生

一、日本海側の国々の征服

第三次外征作戦は、葦原王国の念願であった北陸地方と周辺の小国の併合である。

この作戦では、女王伊邪那美尊を尊重し、その意見を多く採り入れた。また、作戦に注ぎ込んだ将軍と兵は、殆ど葦原王国軍であった。

日本海側には、隠伎之三子島《おきのみつごのしま》（隠岐島）、佐渡島《さどのしま》及び越島《こしのしま》（越前・越中・越後）が有り、これら葦原王国と敵対関係にはなかったが、これらを傘下に組み入れたかった。

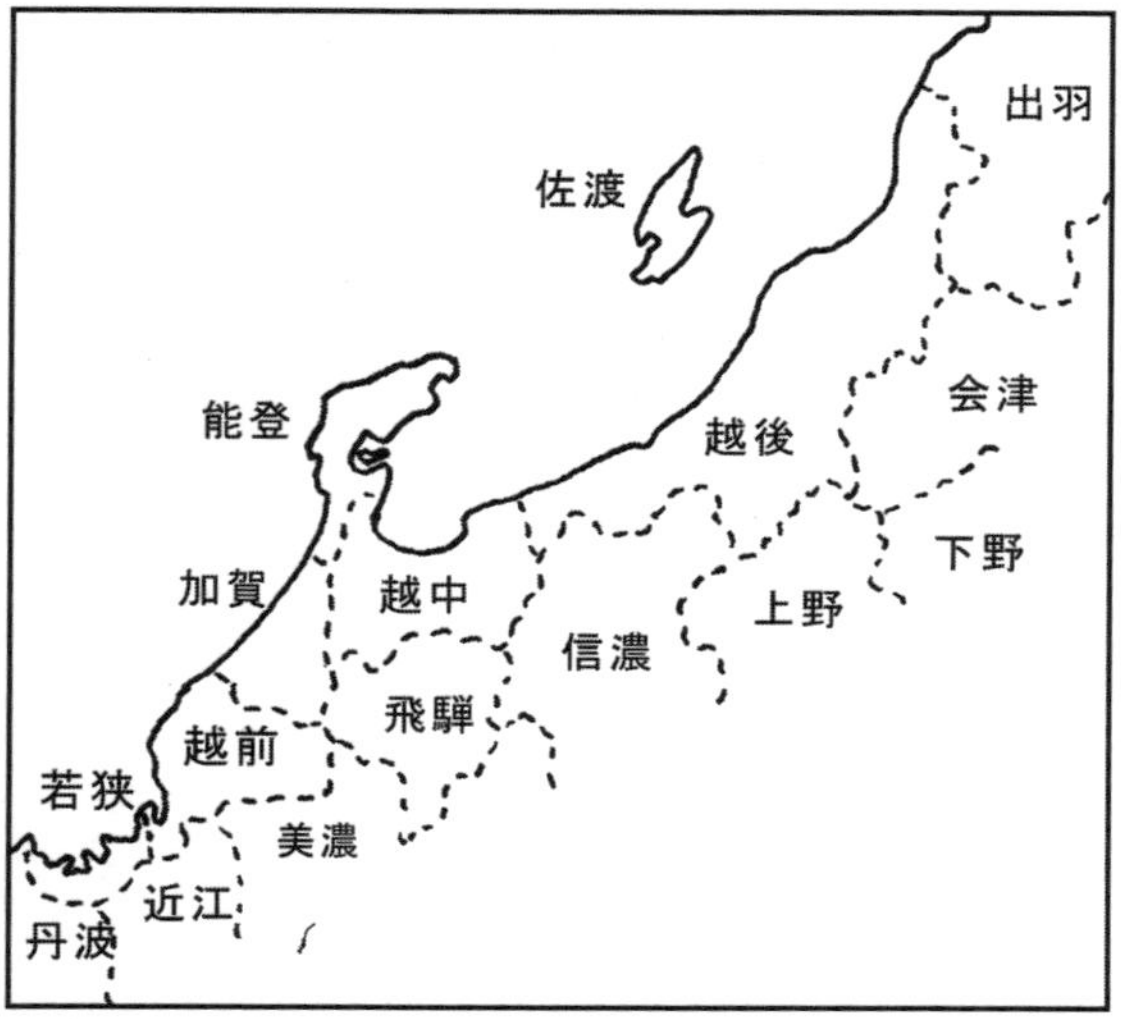

大八島国の誕生

先ず、隠伎之三子島（別名天之忍許呂島《あまのおしころしま》）と佐渡島《さどのしま》を同時に攻略することになった。

これらの島は、陸地から隔絶していて増援が望めない上、人口も少なかったので、武将達に多くの戦力を与えて上陸作戦を実施させたところ、僅かな期間で屈服してしまった。

派遣した戦力は、隠岐島に一千名、佐渡島に二千名であった。

葦原王国に届いた報告によれば、同じ日に降伏・帰順したとのことである。

人口密度が希薄なこの時代、一千～二千人程度の武装集団を編成し、長期にわたって養う事が出来れば、他の小国を攻撃し屈服させる事は可能であり、四千人を越える場合には、戦わずして小国を併呑する事が出来たであろう。

凱旋した兵を休ませた後、越島《こしのしま》（越前・越中・越後等）攻略を準備した。

再び副王伊邪那岐尊を総司令官として、十分な準備を行い、葦原王国軍を率いて向かう事になった。

葦原王国軍は、伯耆大山の麓に集結し、日本海に沿って、因幡、但馬、丹後、若狭と進撃した。

途中、武将と兵を分派して、大小の豪族を帰順させながら越前に進出した。

「なんか、今度の戦は、張り合いがないのぅ。」

「うむ、毎日ただ歩いて、飯を食って、糞をして、寝る場所を探すだけじゃのぅ。」

加賀・能登・越中・越後の地方は、比較的人口希薄な地域である上、葦原王国から軍を指向されることなど思ってもいなかったため、ほとんど戦闘らしいものは発生せずに各豪族は帰順した。

ただ、地域が広大であるのと、交通網が不備であるため、全地域に占領政策を徹底するのに、思いの外の期間を必要とした。

伊邪那岐尊も、越中から、越後の西部までは出かけたが、越後の全域には武将と兵を差し向けて、所在の豪族達に忠誠を誓わせた。

記紀には記されてはいないが、この段階で、備中、備前、美作、播磨、丹波等も、連合国の傘下に入ったものと見ても良かろう。

二、周辺の小国の編入

次は、周辺の島々の編入である。

伊伎島《いきのしま》、津島《つのしま》、吉備児島《きびのこのしま》、小豆島《あずきのしま》、大島《おほのしま》、女島《ひめのしま》、知訶島《ちかのしま》、両児島《ふたごのしま》等に軍勢及び使節を派遣し、比較的平和裡に編入業務が完了した。

それぞれの島に国名を付けた。

伊伎島　＝天《あまの》比《ひ》登《と》都《つ》柱《はしら》（アマにひとつぱしり）
津島　＝天《あま》之《の》狭《さ》手《て》依《より》比《ひ》賣《め》（アマの里寄り）
吉備兒島　＝建《たけ》日《ひ》方《かた》別《わけ》
小豆島　＝大《おほ》野《の》手《て》比《ひ》賣《め》
大島　＝大《おほの》多《た》麻《ま》流《る》別《わけ》（耽羅《たむら》＝済州島か、或いは奄美大島か）
女島　＝天《あまの》一《ひとつ》根《ね》（天草の島か、或いは沖縄か）
知訶島　＝天《あま》之《の》忍《おし》男《お》（徳之島か）
両兒島　＝天《あまの》両《ふた》屋《や》（種子島及び屋久島か）

前半の小豆島までの四つの島は、現代にも通ずる名称であるが、大島以下の島々が、どこの島に相当するか、諸説があるが、どの説もピンとこない。

ただ、女島以下の島には「天」という接頭語が付いているところを見ると、アマへ向かう航路の為の風待ちの島か、或いは、朝鮮半島南岸の島かもしれない。

三、「大八島国」（国名）と「大《おほ》倭《い》豊《とよ》秋《あき》津《つ》島《しま》」（首都）の制定

外征作戦は、通算二十年以上の期間を要した。

領土の拡張に伴って伊邪那岐尊の発言権は大いに拡大され、連合当初は葦原王国が絶対的な

上位国であったにもかかわらず、九州全土の占領が完了した時点では、両国の立場は、上下の関係は解消されないが、かなり対等に近くなったのではなかろうか。

第三次外征作戦が終了した段階で、既に多くの大小の領土《しま》を併合したので、連合国の名称を「大八島国《おほやしまのくに》」とした。

大八島国とは、オホ（葦原の別名）を主体とした多くの領土《しま》を持つ国の意味である。

連合国の首都は、新たに、安芸国（現在の広島付近）に選定され、「大《おほ》倭《い》豊《とよ》秋《あき》津《つ》島《しま》」と名付けられた。

この名称は、オホの倭《い》氏族（葦原王国）と豊王国との安芸（アキ）の港（ツ）における、共通の領地《しま》（首都）の意味である。

（倭《い》及び倭氏族については、「あとがき」にて詳述）

爾後、伊邪那岐尊と伊邪那美尊は、この首都を本拠にすることになった。家族や一部の親族も移り住むことになった。

新たに任命した「大八島国」固有の内閣（後述）も、この地で執務することになった。

四、連合国官僚の任命（神生み）

領土の拡張と並行して、連合国の官僚を逐次に任命したのが「神生み」である。

当然、葦原王国及び豊王国は、夫々独自の官僚が以前から国別に存在しており、連合の当初は、連合国のほとんどの閣僚は葦原王国の閣僚が兼務していたが、外征作戦の結果、領土が増加したので、連合国としての固有の官僚を選定する必要に迫られたものである。

これらの官僚の任命は、十数年間に亘って逐次に行われたのであるが、以下、任命の順序とは異なるが、機能別に列挙する。

便宜上、現代の官職名（大臣・長官・管理者等）を使用した。

内閣総理大臣　大事忍男《おほことおしお》尊。　大事を治める将軍の意味。

大蔵大臣　（これ以下の神々の御名は、補注十一参照）

宮内大臣

司法大臣

陸軍大臣　隷下に　国境画定長官（正副）、徴税長官（正副）、諸国霊山管理者

海軍大臣　隷下に　諸国の水軍管理者

農業大臣　隷下に　諸国の農業関連管理者

造船大臣

情報・通信大臣

港湾鎮護大臣（正副）　隷下に　河川管理長官（正副）、湖沼管理長官（正副）
用水長官（正副）、灌漑長官（正副）
牧野管理大臣　隷下に　境界画定長官（正副）、戸籍長官（正副）
諸国の牧野の管理者
森林管理大臣　隷下に　諸国の森林の管理者
鉱石採掘大臣
砂金採掘大臣
金属鋳造大臣
製鋼冶金大臣　隷下に　溶鉱炉管理長官、鍛造製剣長官

第八章　連合国の崩壊

一、平穏な日々

三次にわたる遠征作戦も終わり、伊邪那美尊と伊邪那岐尊は連合国の内政に精を出す日々が続いていた。

伊邪那美尊と伊邪那岐尊は、政略結婚ではあったが、その仲は睦まじく、夭折した二人を含む五人の子供に恵まれた。

伊邪那岐尊は、戦場での勇猛さとは裏腹に、性格は穏やかであった。葦原王国の一族や長老達とは和やかに親しく交際していた為、長老達からは信頼され、伊邪那美尊の肉親達、特に女性達から慕われていた。

伊邪那美尊は、伊邪那岐尊の遠征中、国内の政治を如何に良く治めていたかを、一々例証を挙げながら、誇らしげに報告するのであった。

事実、鉱山の開発は進み、国内の各産業もますます盛んになり、周辺各国からの出稼ぎ或いは移住してくる人々により、人口は増加の一途を辿っていた。

しかし、この平穏な日々は、永くは続かなかった。

或る年の或る日、女王伊邪那美尊は伊邪那岐尊を伴って高熱製鋼冶金省を視察した。武器の製作に如何に苦労したかを説明し、その事業の進展状況とその成果を、現場において説明していた。

二、溶鉱炉事故発生、伊邪那美尊の負傷

突然、溶鉱炉の事故が起きてしまい、灼熱の熔鉄の流れが、現場を荒れ狂った。逃げ遅れた伊邪那美尊は、下半身に大火傷を負ってしまった。伊邪那美尊が負傷されたので国中は大騒ぎになった。医師は総動員されて治療に当たり、国内各所で祈禱が行われた。伊邪那岐尊は、この騒ぎを鎮静させるに努めた。

伊邪那美尊が重傷を負ったからといって、連合国の政務は中断することは出来ず、伊邪那岐尊は病床の伊邪那美尊と相談しながら、新たな閣僚を任命した。

鉱山管理大臣（正副）　金山毘古《かなやまひこ》尊と金山毘賣《かなやまひめ》尊

土器・陶器生産管理大臣（正副）　（これ以下の神々の御名は、補注十二参照）
環境・衛生大臣
第二代農業大臣
爾後、大宜都比賣尊は、農業大臣の兼職を解かれ、その名称は阿波国の国王の固有名詞になる。

伊邪那岐尊は、未熟な組織による製鋼事業の危険性を痛感し、鉄鉱石採掘から武器の生産までの一連の事業を一本化して、効率的かつ安全な組織にする為、高熱製鋼冶金省を発展させて採掘製鋼鍛造省に再編成し、この事業の為に新たな閣僚を任命した。

採掘製鋼鍛造大臣
露鉱採掘長官
岩磐鉱採掘長官
坑道鉱採掘長官
溶鉱炉管理長官
溶鉱樋管理長官
刀剣鍛造長官
刀剣焼入長官

刀剣研磨長官

八個の鉱山管区を管理する官僚も任命した（葦原王国、九州、四国の範囲を含む）。

即ち、正鹿山《まさか》、淤縢山《おど》、奥山《おく》、闇山《くら》、志芸山《しき》、羽山《は》、原山《はら》、戸山《と》の鉱山管区管理者。

三、伊邪那美尊の崩御

伊邪那美尊は、苦しい闘病生活の後に、遂に、崩御された。

伊邪那岐尊の嘆きは大きかった。伊邪那美尊の枕辺に腹這い、足元に腹這い、哭泣した。

「わが愛しの妻よ。能なしの官吏の一人に替え得るものかは。」

伊邪那岐尊は、溶鉱炉事故の際、現場を取り仕切っていた火之迦具土命《ほのかぐつち》を死刑にする。

伊邪那美尊の葬儀は、葬祭係官吏である泣澤女尊《なきさわめ》の采配に従い、厳粛に執り行われた。

御陵は、比婆山に設けられた。

伊邪那美尊の崩御により、連合国は、その帝王を失った。

伊邪那岐尊は、伊邪那美尊と夫婦であったとはいえ、連合国ではあくまで副王であった。

豊王国の領土が以前に比較して極めて大きくなったとはいえ、未だ、葦原王国とでは国としての格（特に文化面）に差がありすぎ、連合国の帝王になる資格は与えられない。

一方、オホにおいては、葦原王国第八代の女王には、伊邪那美尊の一族の王女（恐らく伊邪那美尊の妹か姪）が擁立され、続いて、自動的に連合国第二代の女王として推薦されたが、豊王国との連合を継続するには絆《きずな》が弱すぎ、如何にしたらよいか苦慮していた。

両国の関係を「連合国」として継続するか、単なる「同盟国」になるしかないのか、の岐路に立っていたのである。

四、連合国の連合継続のための外交折衝

伊邪那岐尊は、その第二代の女王（先代の再生として同じく伊邪那美尊と呼ぶ）と自分とが再婚して、葦原、豊両国の絆を維持し、連合国を発展させるのが最良であると判断し、葦原王国に対して再求婚の外交折衝を開始した。

伊邪那岐尊は、自ら出雲国へと出かけ、黄泉国《よみのくに》（ヨミ＝ユミ＝石見国の別名）との国境において使者を立て、申し入れた。

「美しきわが妻の君よ、私と貴女とで造った国は未だ造り終えていない。国造りを続ける為にも、私の元へ帰って来て頂きたい。」

葦原王国側では、伊邪那岐尊に対し以前から好意を抱いていた新女王を始めとして、長老達

のように、連合継続に賛成の意見が多数を占める一方、連合解消を要望する少数グループ（軍の首脳）も有った。

再求婚の相手の新女王は、反対派を説得し、葦原王国内の意志の統一を図りたいので、しばしの猶予を頂きたいと返事をする。

「美しきわが夫の君よ、貴方が早く来られることを願っておりました。私は、既に、葦原王国の長老たちの推薦で葦原王国の女王に成ってしまいました。しかしながら、美しきわが夫の君よ、貴方が自ら私を迎えに来られたとは嬉しい事で御座います。再び貴方の元に戻り、連合国を存続したく存じます。葦原王国の首脳達を説得しますので、しばらくお待ち頂きたい。内輪の会議ですので、こちらへは顔を出さないで頂きたい。」

連合解消派の主力は、大将軍大雷《おほいかづち》や火雷《ほの》、黒雷《くろ》、拆雷《さく》、若雷《わか》、土雷《つち》、鳴雷《なる》、伏雷《ふし》などと異名を付けられた将軍達であった。

彼等は、二十年以上、伊邪那岐尊とともに、三次にわたる外征作戦を戦い抜いて来た者ばかりであり、如何に将軍と雖も、戦に飽きてきていたのである。

「伊邪那岐尊殿が戻って来られたら、必ずや、鳶王国征服の戦を起こすのは間違いない。もう二十年も戦い続けているのだぞ。兵も皆疲れており、国民も重い負担にあえいでいるのだ。この際、連合を解消して伊邪那岐尊殿とは縁を切った方がよろしい。」

「それは危険な考えじゃ。今、豊王国との連合を解消してしまったら、葦原と豊との間に問題が起こった場合、どうなるとお思いか。昔、豊王国が小国だった頃と違い、豊王国は圧倒的な戦力を持っているのだぞ。伊邪那岐尊殿がその気を起こせば、大戦乱になることは、目に見えている。」

「いやいや、連合は解消しても、同盟を結べばよい。伊邪那岐尊殿も亡き女王様とともに戦い、造り上げた両国の絆を無視することはあるまい。」

「そのような楽観的な考えでは、国は滅びまするぞ。」

甲論乙駁《こうろんおつばく》、侃々諤々《かんかんがくがく》と、会議はいつ果てるともなく続いた。

伊邪那岐尊は、国境付近において、しばらく待っていたが、葦原王国の会議は、何時終わるとも見当がつかなかった。

遂に痺れを切らした伊邪那岐尊は、一人の将軍と護衛兵のみ連れて葦原王国の首都を訪れ、秘密会議をこっそり覗き見した。

その当時、丁度、連合解消派が激烈な意見を述べている最中であり、極めて不穏な空気が流れていた。連合継続派が、懸命に反論してはいるのだが、解消派の戦場仕込みの声は大きく、迫力に満ちていた。

伊邪那岐尊は、このまま護衛兵のみで石見国に留まっていれば、事態が不利になると判断し、急遽、国境へと戻ることにした。

五、国境への脱出

葦原王国首脳部としては、充分検討の上、連合継続の方向で意志を統一して豊王国に通告するつもりであったが、伊邪那岐尊が会議を覗き見したことが判り、更に、伊邪那岐尊が国境へと退去を始めた為、会議を中断して、伊邪那岐尊の引き止めにかかった。

最初は、豫母都志許賣《よもつしこめ》（宮廷警備の女兵）八人を差し向けたが、伊邪那岐尊が逐次に配置した伏兵に阻止された為、追い付けない。

次いで、前述の将軍達が千五百もの兵士を率いて追いかけてきた。

追っ手は、伊邪那岐尊の殿軍《しんがり》の執拗な抵抗を排除しつつ黄泉比良坂《よもつひらさか》（石見と出雲の国境）の下まで来て追い付いたが、伊邪那岐尊が配置した国境守備隊の抵抗に遭い、対峙することになってしまった。

伊邪那岐尊は、国境守備隊長に命じた。

「汝、我を助けた如く、葦原王国に取り残されている豊王国軍の兵士が危難に陥った時は、これを助けよ。汝を意富加牟豆美尊《おほかむづみ》（オホの神門郡の主）と名付ける。」

最後に、伊邪那美尊が自ら追って来て、泉守道者《よもつかみどひと》（石見国神門郡主）や菊理媛尊《きくりひめ》（キコエヒメ＝宮中奏上女官）を通じて、伊邪那岐尊と話し合いをするが、興奮した将軍達の大声が響き渡っており、言葉の行き違いが多かったのであろうか、伊邪那美尊や長老の意図とは逆に、連合国は破局への坂を転げ落ちはじめる。

六、連合の解消

様々なやりとりの末、連合解消が宣言されるに至った。更に、同盟に移行することも無理なようであった。

「美しき我が夫の君よ、やむを得ません。連合は解消することに致しましょう。」

「美しき我が妻の君よ、やむを得んのぅ。連合は解消しよう。仮に将来、豊と葦原が争うようなことになっても、豊王国は葦原王国には決して負けはせんぞ。」

「美しき我が夫の君よ、戦になれば、一日に一千人を殺しまする。」

「美しき我が妻の君よ、そうなれば、一日に千五百人の兵を集めよう。」

葦原王国からは泉津事解之男《よもつことさかのを》（石見国の事を裂く将軍）が代表者として出て、袖を払うという儀式をして連合国解消の通告を実施し、続いて、豊王国からは速玉之男《はやたまのを》（豊王国宣戦布告将軍）が代表者として出て、唾を吐くという儀式をし、宣戦を布告した。

この記事を最後にして、伊邪那美尊は記紀から姿を消してしまうが、伊邪那美《いざなみ》尊という諡号の他に、黄泉津《よみつ》大神（石見国の大女王）、道敷《ちしきの》大神（多くの鉱山《しき》をもつ大女王）という諡号が有る。

七、撤退作戦

伊邪那岐尊は、撤退作戦の編成を整える事になり、参謀・部隊長等を任命した。

先の国境守備隊長には、新たな官職を授けた。即ち道反之大神《ちがへしのおおかみ》＝追い返しの大神（別名塞《さやり》坐黄泉戸大神《ますよみどのおおかみ》又は泉門塞之大神《よみどさへのおおかみ》。決死隊であるので大袈裟な名称である）。

殿軍隊長　衝立船戸《つきたつふなと》尊。（別名来名戸祖《くなとのさへ》尊）

（これ以下の神々の御名は、補注十三参照）

情報参謀

作戦参謀

交通・輸送参謀

衛生参謀

食糧調達参謀

撤退作戦軍総司令官

撤退作戦陸軍司令官
撤退作戦水軍司令官
本土防衛軍総司令官
本土防衛陸軍司令官
本土防衛水軍司令官

伊邪那岐尊は、石見・出雲国境から、陸路備中（岡山県）の海岸まで退却し、海路筑紫へと帰り着いたが、葦原王国軍は備中までは追撃しては来なかった。

八、伊邪那美尊と伊邪那岐尊の遺児達

伊邪那美尊と伊邪那岐尊との間には、結婚以来五人の御子が生まれ、二人は死亡したが、三人は連合国政府所在地の「大倭豊秋津嶋《おほいとよあきつしま》（安芸国）」で成長していた。

伊邪那岐尊は、葦原王国との連合解消の後、この三人の御子を豊王国に連れ帰った。

長子は、未熟児であり、生まれてすぐに死亡したので、葦舟に乗せて海に流した。

次子は王女で、天照《あまてらす》神という諡号を持ち、後に、アマ国の女王に指定された。

（日本書紀によれば、この王女は別に大日孁貴《おおひるめのむち》〈巫女〉という諡号をもつ）

第三子は王子で、月読《つくよみ》尊という諡号を持ち、後に、夜《よ》の食国《おすくに》（四国の別名）の国王に指定された。

第四子は、小児麻痺の児であり、三歳で死亡したので、葦舟に乗せ海に流された。

第五子は王子で、建速須佐之男《たけはやすさのを》尊という諡号を持ち、後に、豊王国の後継王子に指定された。

第九章　豊王国の再編成

一、内政機構・軍備の整備

葦原王国（出雲）から帰還した伊邪那岐尊は、先ず、自ら大王（大神）と名乗り、豊王国の内政機構を整備し、次いで軍備を拡張した。

これには、かなりの期間を要した（少なくとも三年）。

先ず、内政機構の内、不十分であった司法部門を整備し、五種類の司法関係者を任命した。

地方検察官　八十禍津日尊《やそまがつひ》。＝多くの部族の禍問《まがと》いの意味。

中央検察庁長官　（これ以下の神々の御名は、補注十四参照）

地方裁判所判事

中央裁判所判事

最高裁判所判事

次いで、今まで葦原王国と共同で編成していた軍の機構を根本的に整備し、豊王国独自の編制にして、夫々の司令官を定め、領内から大量の兵士を召集し、訓練した。

四国正面水軍司令官
葦原正面水軍司令官
アマ正面水軍司令官
四国正面陸軍司令官
葦原正面陸軍司令官
アマ正面陸軍司令官

二、アマ国の占領

既に、黄泉比良坂《よもつひらさか》において、宣戦布告が行われてはいたが、いよいよ葦原王国への侵攻作戦が開始されることになった。

先ず、アマ国に鉾先が向けられた。

元々アマ国は、葦原王国の属領ではなく、葦原王国を上位の国として立て、和親を旨とした国交が続いていた。

一方、伊邪那岐大神は、国之常立尊《くにのとこたちのかみ》（シンル系）を祖父としていた為、先ずシンル国に進出して国王を恫喝し、強制的にシンル国王に兵站支援をさせ、ここを足場にしてアマ国に対して侵攻作戦を開始した。

当然、アマ国は猛反発する。

アマ軍は果敢に迎え撃ち、先ずミム国の領域で、次いでンマ国の領域で粘り強く戦った。

しかしながら、戦力の格差と、戦の経験の差、特に伊邪那岐大神の天才的な作戦指導がものを言った。

伊邪那岐大神は、各所での戦闘を勝ち抜き、遂にアマ国を奪取した。

敗れたアマ国王は、降伏して隠退することになった。

当然、民生の安定のための処置は、日本列島内の場合と異なり、民族性の違いもあり、言葉の壁もあり、数年間という長い年月を要した。

豊王国の再編成

伊邪那岐大神は、占領地アマの女王として、王女の天照《あまてらす》神を派遣する。天照神とは、アマをタラス（統治する）国王の意味である。また、後に、天照大御神《あまてらすおほみかみ》という美称に変わるが、これは大和朝廷で後から付けたものである。

天照神は、仁慈をもって占領政策を進め、これが為、アマ国の諸王もだんだん親近感を持つようになり、最終的には、天照大神（大女王）として敬愛される。

日本書紀によれば、副王として、月読《つくよみ》尊も派遣されたとある。

月読尊は、軍事的な才能は少なかったが、行政的手腕は優れていたので、このような措置が執られたのであろう。

三、四国の占領

アマから帰還した伊邪那岐大神は、兵を休ませた後、十分な準備を整え、夜《よ》の食国《おすくに》（伊予の別名、後に四国の別名）に対する進攻作戦を開始した。

四国の内、讃岐国と土佐国は豊王国の領土になっていたが、伊予国と阿波国は葦原王国の領土である。

侵攻は、先ず、讃岐国を足場にして、伊予国に対して行われた。

兵力は、約四千が準備された。

「伊予には葦原から将軍が派遣されてきておるの。」

「石押《いはおす》将軍と菜摘《なつみ》将軍でござる。二人とも筑紫島《ちくしのしま》の戦場で、日子様と共に戦った猛者でござる。日子様の戦い方をよく承知しておりますれば、やり難うござる。」

「よいよい。今回は、飢え殺しにしてくれよう。ただ、いずれは我が領民になる者どもじゃ。なるべくならば剣や矛では殺すな。」

愛比賣《えひめ》尊（伊予国王）と葦原の両将軍、伊予の豪族達は、次は四国に対する何らかの働きかけがあるものと予測していた。

その為の諸準備も整え、阿波国とも連携を持っていたのであるが、大宣都比賣尊（阿波国王）の反応は鈍く、結局は、伊予国単独で、事態を打開しなければならなかった。

伊予国側は、結局、伊邪那岐流の包囲作戦を避ける為、担げるだけの食料等を持って、最寄りの山に籠もるしかなかった。

伊邪那岐大神は、土佐国に使いを走らせ、建依別《たけよりわけ》尊（土佐国王）に命じ、土佐国の山の豪族達を動員させ、石鎚山（西条市）を中心とする山々の交通の要所に網を張らせて、伊予軍が土佐側に逃亡できないように処置した。これだけの処置に一カ月以上も掛かった。

また平地の集落ごとに穀物を強制的に供出させて集積し、兵を配置し、住民にのみ配給するようにした。

このため、山に籠もった兵達は、二カ月後には食料不足に陥ってしまった。

狩りをして、鹿や猪を捕るにも限度があり、腹が減って脱走する兵が出始めた。


伊邪那岐大神は、三千の兵を山の麓の要所要所に配置し、不測の事態に対処警戒するとともに、脱走兵達をどんどん捕虜にして収容した。捕虜の数は増え続けた。

元々彼等は農民であり、飯を食わせてもらって、おとなしくしていれば危害を加えられないことが判ると、安心して、投降勧告など、進攻軍の手伝いをするようになった。

山に籠もって三カ月。半数程に兵力を減らした伊予国王と葦原の両将軍、豪族達は、腹が減ってよろめきながら下山して、降伏した。

かくして、伊邪那岐大神は、一兵も失わず、一兵も殺さず、伊予国を平定した。

また、戦場に姿を現さなかった伊予西部の小豪族達を招集させたところ、先に降伏していた脱走兵を併せて、一千人程になったので、五隊に再編成して、補給・輸送を担任させることにした。


次は阿波国である。

ここでも伊邪那岐大神は、土佐の豪族達を活用した。山の豪族には、剣山（徳島県美馬市）

を中心とする山岳地帯の交通の要所に兵を置かせ、平地の豪族には遠く海沿いに迂回させ、阿波の東南端（現小松島市）から圧力をかけさせた。

また、飯依比古《いひよりひこ》尊（讃岐国王）に命じ、讃岐国の豪族達には、阿波国との国境の山々に兵を置かせた。

準備の為に一カ月程をかけた。

一方、大宣都比賣《おほげつひめ》尊（阿波国王）も諸豪族に招集をかけ、兵を集めたが、約二千五百にしかならなかった。今回は鳶王国に支援を要請する道も閉ざされていた。

兵力に余裕がある伊邪那岐大神は、全軍を四個の群れに編成し、三個の群れを前線に立たせて、交互に前進させ、吉野川の上流から東へ向かって、整然と、かつ、ゆるゆると進撃して行った。

大宣都比賣尊の作戦指揮は拙劣であって、戦力の小出しという大失態を犯した。

前線に立たされた各豪族は、どの正面でも、目に余る大軍に圧迫され、戦力の格差に為す術《すべ》もなく、矢戦の途中から、逃げまどった。

十日後、追いつめられた阿波軍は、吉野川河口付近の湿地帯で立ち往生してしまった。

作戦指揮の優劣の差も極まると、矢戦以外には戦闘らしいものは発生せず、阿波軍は、逃げ回るだけで疲れ切ってしまい、遂に葦原王国から孤立したまま降伏した。

伊邪那岐大神は、矢傷を負った兵が多少は居たものの、戦死者を一兵も出さず、阿波国の平定を完了した。

伊邪那岐大神は四国全土の国王として、月読尊《つくよみ》を赴任させた。月読尊は、月弓尊《つくゆみ》とも書き、ツクユ＝トコユ＝常湯国（伊予国の別称、後に四国の別称）をミ（統治）る国王の意味の諡号である。総督府は伊予国に置いた。

月読尊は、最後まで抵抗するように命令を出し続けた大宜都比賣尊を死刑にするが、土着の豪族の本領を安堵した為、占領政策は成功する。

四、須佐之男尊は豊王国の太子であった

その頃、建速須佐之男尊《たけはやすさのを》は、聡明で堂々たる偉丈夫に成長して居り、四国攻略に当たっては、父王の片腕として、適切な用兵を行い、末子ながら太子に指定されていた。

建速須佐之男尊は、須佐の猛将軍という意味の諡号（贈り名）であるが、単に須佐之男尊とも書く。後の「ヤマタノオロチ」討伐時に須佐（出雲市佐田町須佐）に本営を置いた事による。

これは、大和王朝が後から付けた名称であり、本来は太子としての別の諡号を持っていた筈である（例えば「八島照之男神《やしまたらしのおの》」のような）。

記紀では、須佐之男尊を徹底的に悪役として記述しているが、果たして本当に悪役であった

のだろうか。

古事記では、その身分は、あいまいにしか記していないが、日本書紀の一書㈥には、「素戔《すさの》嗚尊《おのみこと》は以《もっ》て天下を治《しら》すべし」とあり、本当の身分は太子であったという。

天照大神の末裔を自認する大和王朝の立場から見れば、天照大神と対立した須佐之男尊は、許すべからざる人物であるが、須佐之男尊が、あまりにも偉大な大王であったので無視する事もできず、記紀ではその事跡のあらましを記述している。

五、葦原王国に対する進攻作戦

葦原王国の属領等を奪取し終えた伊邪那岐大神は、いよいよ、葦原王国そのものに対する進攻を開始することになった。

葦原王国に対する進攻に当たって、須佐之男尊を先鋒指揮官に指定し、豊・葦原国境に派遣した。

ところが、須佐之男尊にとっては母の出身国を攻めるのは、まことに苦痛であった。

なんとか葦原王国との戦闘を回避しようとして、駐屯地と首都との間で使者を何回も往復させ、父王にいろいろ意見具申するが容れられない。

（記紀では、須佐之男尊が泣きわめいて、草木も枯れ果て、河と海は乾いてしまうという表現で、本文でも一書でも繰り返し記述されている）

「父上は、葦原王国から追い払われたことが、よほど悔しいと見える。私は今まで父上に逆らったことはないが、父上が、あくまでも平和的な外交交渉を嫌うのであれば、今回は軍勢を使って意見を具申してみよう。」

遂に、須佐之男尊は、自らの指揮下にある豊王国の大軍の鉾先を自国に向け、反抗の姿勢を示した為、豊王国軍は大混乱になった。

伊邪那岐大神は驚いた。今ここで、親子が軍勢を使って争えば、成り行きによっては豊王国は自滅の危機に陥るであろう。

親子の間に使者が何回も往復した。概要次のような交渉であった。

「スサノオよ、考え直す気はないか。」

「父上こそ、考え直す気はございませんか。」

「アマも淡島も傘下に入った今、葦原だけが頑張っても仕方があるまい。早く引導を渡してしまえ。」

「私は今、豊王国の軍の大部分を預かっているのですぞ。このまま葦原に攻め込めば、必ず勝てるでしょうが、それでは、豊王国軍も葦原王国軍も大きく傷ついてしまうでしょう。父上がいつも口にされている、いずれは我が領民になる兵士達を無駄に殺したくない、というお言葉は嘘ではないでしょうね。」

「嘘ではない。兵は殺さず、生かして使うものじゃ。」

「父上、メンツを棄てて、同盟の為の平和交渉をおすすめ致します。」

「うーむ。」

「是非に。是非に。」

「うーむ。やむをえん。葦原とは同盟を結ぶだけで我慢するか。」

事ここに至っては、伊邪那岐大神も、葦原王国に対する進攻作戦を諦めざるを得なくなった。

紆余曲折はあったが、須佐之男尊を仲介人として、豊王国と葦原王国との間の戦争は回避され、講和条約が締結される事になった。

第十章　「葦原中国」の誕生

一、連合国の再生

講和条約が締結される事になって喜んだのは、須佐之男尊だけではなかった。もっと喜んだのは葦原王国の長老達である。

「建速須佐之男尊《たけはやすさのを》様は、お若いのに、なんと見事な采配をなさる事よ。」

「全くじゃ。これで、葦原も豊も安泰じゃのぅ。」

「須佐之男尊様は、豊王国の太子殿ではあるが、先代の伊邪那美尊様の遺児でもござる。単に同盟を結ぶよりも、いっそのこと、葦原の太子としてお迎えできれば、両国の領土も統合できる。両国にとっても、こんな具合のいいことはあるまい。」

「おお、それはよい。今の女王様は、いくらお勧めしても婿殿をお迎えになる気がないようじゃや。このまま待っていても、跡継ぎ御子の誕生は望めまい。」

元々、伊邪那岐大神に対して親近感を抱いていた長老達である。

今更伊邪那岐大神を迎えるわけにはいかないが、伊邪那美尊の遺児を迎えるのなら、何の抵抗も感じられない。

かつて、戦場で勇名を駆せた将軍達も、老齢の為、大半が代替わりをしていて、長老達の考え方に特別の異議を唱えるものも居なくなった。

葦原王国は、使節を派遣し、須佐之男尊を葦原王国の第九代国王候補者として迎えたい旨を申し入れる事になった。

伊邪那岐大神は老獪である。これは旨い方向に動き始めた、として了承した。

「葦原王国を併呑して、連合国を再構築してから、須佐之男尊に王位を譲るつもりでいたが、須佐之男尊が葦原国王に就任するのなら、兵を動かさずに目的を達成出来る。」

伊邪那岐大神は、生涯の目的を達成する事が出来、須佐之男尊に全てを託して隠居し、数年間は平穏な日々を送ったが、程なく、老衰の為崩御する。

日本書紀によれば、しばらくの間、アマ国の天照大神のもとに滞在して、老後の生活を楽しんで過ごしたという。

御陵は、豊王国として初めて獲得した領土の淡路島に設けられ、宮の名を「多賀《たか》」（高）と名付けた。

伊邪那岐大神の遠祖は、高氏（高御産巣日神《たかみむすひの》）であった為、「高」という語音《ごいん》（字）を大切にした。

二、「葦原中国」命名

記紀においては、須佐之男《すさのを》尊が葦原国王になった後、豊王国の太子が、新たに指定された形跡はない。

即ち、須佐之男尊は豊王国の後継者としての身分を保留していたもので、伊邪那岐《いざなき》大神の隠居に伴い、須佐之男尊は自動的に豊王国の国王も兼ねる事になった。

そこで、須佐之男尊は、葦原王国を中心として連合国を再編成する事にした。四国王（月読尊《つくよみ》）も、これを承認し、傘下に入る事を誓った。

この連合国の領土は、葦原王国を中心とし、九州、四国及び周辺の島嶼から成り、隣接の鳶《とび》王国とは友好関係を維持することになった。

須佐之男尊は、兵を引き連れ、半年に亘って葦原王国・九州・四国の主要な領域を巡視し、熊襲国王を含む各国の国王の信頼を得た。

須佐之男尊は、本場の中国に倣って、国名を、「葦原中国《あしはらのなかつくに》」とした。また、自らは大神（大王）を名乗った。

（現在、山陽及び山陰地方を総称して中国地方と呼ぶのはこの時期に始まった事である）

三、悪意はなくとも、誤解を招く

須佐之男大神は、この事実を姉の天照大神に承認させようとし、四国王（月読尊）をはじめとして、葦原王国・九州及び四国の各国王を帯同し、それらの護衛兵をも率いて、アマに向かった。

日本書紀では、須佐之男大神が、

「私は、根国《ねのくに》（最高霊山伯耆大山のある国＝葦原王国）国王に就任したが、アマ国の天照大神に逢い、クニにおける事情を説明して来たい。」

と希望し、伊邪那岐大神から「許す」と許可を得ている。

須佐之男大神は、シンルの領域に上陸し、率いてきた護衛兵を整理してみたところ、かなりの大軍（約二千名）になっていた。

びっくり仰天したのはシンル国王である。大急ぎでかつ大袈裟にこの旨を通報した。

通報を受けた天照大神は、アマを侵略されると勘違いした。

当時、アマ国の軍兵の多くは、北方からの脅威に備えて配置されており、国内の警備に必要な兵力は最小限にとどめられていた。

天照大神は、所在の兵（約一千名）をかき集め、自らも武装して軍勢の先頭に立ち、雄叫びを挙げ、シンルの領域に向かって勇ましく進撃し、ミムにおいて対峙した。

須佐之男大神には、侵略の意図はなかったのだが、成行き上両軍は衝突してしまい、戦力の格差は大きく、戦闘の結果は、当然の事ながら、須佐之男側の圧勝に終わった。


天照大神は、使者を立てて、なおも言い募る。

「そなたが、アマ国に来たのは、アマ国を奪うつもりであろう。」

「そのような邪心は持っておりません。アマ国は、姉上が治める国であり、これを奪うなどとは全く考えておりません。」

「では、何故、軍勢を引き連れて参ったのじゃ。」

「あれは護衛兵です。私は、葦原中国《あしはらのなかつくに》を統一したので、その間の事情を説明するとともに、私が葦原中国を治めることを納得していただきたく、父上（伊邪那岐大神）の許可を頂いて参上致したのです。」

「そなたの云うことは信用できかねる。」

「姉上、ウケヒを致しましょう。ウケヒによって私の心が清いことを証明致しましょう。」

天照大神と須佐之男大神は、ウケヒの為の条件を、互いに誓約した。（補注十五）
ウケヒの行事が厳粛に執り行われた。
ウケヒによる審判でも、須佐之男大神には元々害意が無かった事が証明され、天照大神も納得し、ここに、講和条約が結ばれる事になった。

四、統治範囲に関する条約締結（葦原中国及びアマ国）

須佐之男大神は、クニ（葦原中国《あしはらのなかつくに》）を統治することが確認された。

天照大神は、アマ（朝鮮半島南部、後世の百済・新羅・任那に相当）を統治することが確認された。

その保障として、天照大神は自らの王女三人を証人（人質養子）として差し出し、須佐之男大神は自らの王子二人と連帯保証人として隷下の国王の王子三人を、差し出す事になった。


天照大神からの養子は、多紀理毘賣尊、市寸島比賣尊、多岐津比賣尊の三人である。

多紀理毘賣尊《たきりひめ》（別名奥津島比賣尊《おきつしまひめ》）＝契《ちぎ》り姫。任地は宗像の沖ツ島。

市寸島比賣尊《いちきしまひめ》（別名狭依毘賣尊《さよりひめ》）＝斎《いつ》き島の姫。任地は宗像の厳島《いつくしま》（宗像市大島）。

多岐津比賣尊《たきつひめ》＝契《ちぎ》ツ姫。任地は宗像の辺《へ》ツ宮（宗像市宗像大社）。

須佐之男大神からの養子は、正勝吾勝勝速日天之忍穂耳尊、天之菩卑能尊の二人である。

正勝《まさかつ》吾勝《あかつ》勝速日《かちはやひ》天之《あまの》忍穂耳《おしほみみ》尊は、単に天之忍穂耳尊《あまのおしほみみ》ともいう。

アマのオシ（統治）ホ（火）の御見（王）という意味で、それに「正に勝った、我勝った、素速く勝った」という接頭語が付いている。

この接頭語があるが故に須佐之男尊が悪役としての烙印を押されてしまうのだが、どうも大和朝廷の記紀編纂担当の歴史官僚がわざと名付けた諡号のような感じである。

後にアマ国の皇太子に指定された。

天之菩卑能《あまのほひの》尊は、アマの火《ほ》と鮮《ひ》の意味で、後にアマ国の副皇太子に指定された。

連帯保証人として差し出されたのは、天津日子根尊、活津日子根尊、熊野久須毘尊の三人の王子である。

天津日子根《あまつひこね》尊は、アマのヒとミネという意味。筑紫国王の王子。

活津日子根《いくつひこね》尊は、ウケ（四国の別名）のヒとミネという意味。四国王（月読尊）の王子。

熊野久須毘《くまのくすひ》尊は、クマ（熊襲）のクシヒ（奇し火＝阿蘇火山）という意味。熊襲国王の王子。別名を熊野忍蹈《くまのおしふみ》尊、熊野忍隈《くまのおしくま》尊、熊野大角《くまのおほくま》尊ともいう。

日本書紀の一書㈢によれば、肥の国王も連帯保証人になり、その王子熯速日尊を差し出したとある。

第十一章　須佐之男尊の失脚

一、葦原王国将軍の条約違反と天照大神の崩御

須佐之男大神は、軍兵の大部分をミムの領域にとどめ、伴ってきた四国や九州の各首長達とともに、ンマに滞在していた。

条約は締結されたが、葦原王国の将軍達にとっては満足できない成果であった。アマ軍との戦闘にも勝ったのに、葦原王国の貴族の故国とされる「ンマ」はアマ国の領地と定められてしまい、葦原王国としては全然旨味が無い。

そこで、これらの将軍達が、勝《か》ち荒《すさ》びを繰り返してアマ側を挑発し、あわよくば、もう一度戦闘を惹起してアマ軍を撃破し、条約の内容を葦原王国に有利なように修正する事を企んだ。

先ず、天照大神が自ら斎祀用の稲を植える御料神田の畔を崩し、溝を埋め、馬を放ち、踏み荒させたので、収穫間際の稲の大半が使い物にならなくなった。

次に、新嘗祭《にいなめさい》の前夜、儀式を執り行う神殿の内外に糞尿を撒き散らした為、悪臭が充満し、

また、暁暗の中で知らずに着座した天照大神の被服に糞尿が付着する等、新嘗祭の儀式は目茶苦茶になった。

軍事的に弱い立場にあった天照大神は、いきり立つ閣僚達に対し、

「畔を崩し溝を埋めたのは、田を広々と改良してくれるつもりであろう。神殿を汚したのは、酔っていたからであろう。」

と云ってなだめ、我慢させた。

しかし、類似の嫌がらせは繰り返し行われた。


「いくら挑発しても、アマ国は反応せんのう。」

「女王様が、不満の輩《やから》をなだめて押さえているという話じゃ。」

「それでは、女王様がアッと驚くようなことをしでかさなくてはなるまい。」

遂に、天照大神が神殿において神事に使う神聖な衣を織っている時に、その神殿の屋根に孔を開け、その孔から生皮を剝いだ馬を投げ込むという仕業に及んだ。

「ギャーッ。」

馬は、助手の機織女《はたおりめ》の真上に落下し、彼女は即死した。更に織機も大破し、尖った破片が天照大神の腹部に深々と刺さった。

神聖な神殿を汚され、自らも重傷を負わされた天照大神は、怒り心頭に発したが、政治的に

も軍事的にも為すべき手段が無く、「アマの岩戸」に籠もってしまう。

アマの岩戸とは、王族の墳墓のことであり、天照大神がそこに籠もったと云うことは、崩御されたと見て良いであろう。

二、軽はずみな行動のツケ

葦原王国の将軍達が犯した神聖な行事に対する冒涜と、天照大神を崩御させたような行為は、許す事の出来ない悪業であった。

アマ国は勿論のこと、条約を連帯保障した九州・四国の首長達も、一斉にこの所業を非難し、葦原の将軍達が如何に謝罪しても許されない。

この一件を旨く処理しなくては、帰りたくてもクニに帰ることが出来ない。

須佐之男大神は、葦原の将軍達を謹慎させるとともに、四国王（月読尊）の助言を得つつ、アマ国をはじめクニの首長達と折衝を続けたが、中々思わしい成果は得られなかった。

特に、天照大神を深く敬愛していたアマ国の諸国王は強硬であった。

問題は解決されることなく、いたずらに時は過ぎていった。

そのうちに、クニにおいては、九州・四国の諸豪族が、王の不在に乗じて反乱を起こし、遂には、葦原王国内ですら反乱が起きるに至った。

国元からの報告と、それの確認の為の使者の往復が度々行われ、諸国の反乱が本物であると確認されたのは、半年も経ってのことであった。

事態の意外な進展に動転した葦原王国の将軍達は、厳罰を覚悟の上、須佐之男大神に事態の収拾を願い出た。


遂に、須佐之男大神は、一大決心をして、新たな条約案を示した。
一、事故の責任者の将軍達は死刑とする。（髭を切り手足の爪を抜く）
二、クニの全てをアマ国に譲る。（千座置戸《ちくらのおきと》＝千にも及ぶ行政単位としての戸を贈る）
三、自らは、「葦原中国《あしはらのなかつくに》大王」を退位して、単なる「葦原《あしはら》国王」に戻る。（尊称〈大神〉を捨て、単に須佐之男尊という名称に戻る）
ただし、第三の条件は、日本書紀にのみそれとなく書かれている。

（汝所行甚無頼。故不可住於天上。亦不可居於葦原中国。宜急適於底根之国）

このような条件により、ようやく諸国の納得が得られた。

三、天照大神の再生

崩御した天照大神の再生として、幼い王女が天照大神と名乗り、アマの岩戸から再び出て来る、という儀式が執り行われた。

思兼尊《おもひかね》（内閣総理大臣）が全般の指揮を執り、祭壇上の榊の木に鏡・勾玉《まがたま》・飾り布を掛け、フトマニにより占い、祝詞《のりと》を上げ、常世《とこよ》（四国）の長鳴鳥を集めて競い鳴かせ、太鼓を打ち、手拍子を合わせ、神楽を舞わせた。

その神楽で天宇受賣尊《あまのうずめ》が、舞っているうちに神懸かりをして、胸乳も陰部も丸出しの状態になった。その仕草があまりにも可笑しいので、参集した豪族達が笑いどよめいた。

この騒ぎをいぶかった新女王がアマの岩戸からそっと顔を覗かせた所を、天手力男尊《あまのたちからのを》が手を取って連れ出し、布刀玉尊《ふとたま》が岩戸の口に注連縄《しめなわ》を張って、元に戻れないように閉ざした。

天照大神から差し出された人質養子の多紀理毘賣尊《たきりひめ》、市寸島比賣尊《いちきしまひめ》、多岐都比賣尊《たきつひめ》の三人には、天照大神がクニに降臨する時の先遣隊としての任務が追加された。

連帯保証人として差し出された天津日子根尊《あまつひこね》、活津日子根尊《いくつひこね》、熊野久須毘尊《くまのくすひ》の三人の王子は、条約の内容が変更になったので、人質養子の任を解かれて帰国することになった。

また、アマ国の要請により、葦原中国の天之尾羽張尊《あまのおははり》と建御雷之男尊《たけみかつちのお》及び鳥之石楠船尊《とりのいわくすふね》

（別名天鳥船《あまのとりふね》）は、葦原王国から呼び寄せられ、軍事専門家として、アマ国へと移籍した。

葦原中国の護衛兵達のアマ駐屯は、主としてミム国の領土を根城にして三年間に亘ったが、結局何も得る事もなく、逆に、須佐之男尊は全てを失い、アマ国を去った。

第十二章　「八島国」の構成

一、四国・九州への出兵

アマから帰還した須佐之男尊は、幼いアマ国の女王と交わした約束を守る為、留守中にガタガタになってしまったクニを、立て直す事になった。

須佐之男尊は、葦原王国の首都（安芸）に戻り、近衛兵を中心に軍を掌握した。

先ず、月読尊の要請を受け、アマでの騒動に便乗して反乱を起こした四国に兵を出した。反乱とはいうものの、年貢の納入を拒否したり、治安の緩みを招き、盗賊が増加したり、といった程度のことであった。

ただ、阿波国では、月読尊がアマ国に出張した直後から、年貢の納入を拒否する動きが始まっていた。阿波国王の第二代大宜都比賣《おほげつひめ》尊の暗黙の承認があったと見られる。

須佐之男尊と月読尊の到着に応じ、各豪族は続々と帰順してきた為、須佐之男尊は、阿波国で僅かに武力を使っただけで、四国を安定させることが出来た。

月読尊は、大宣都比賣尊を、その言動が不埒であるとして死刑にした後、兵を阿波国内で動かして豪族達の違反をとがめたが、細かい事は不問に付した。

それでも諸々の手続きがあり、一年を必要とした。

大宣都比賣尊が、二代にわたって死刑になったのは、隣接の鳶国の影響が大であり、食糧の輸出入を通じて、阿波国は半独立国のように振る舞っていたのではなかろうか。


九州では四国とは様相が変わっていた。

筑前と熊襲国では、問題は起きていなかったが、その他の地域では、元来が熊襲の領域であった為、為政者に対する反抗心が強く、各豪族の首長達は、一応恭順の姿勢を見せるのだが、陰では何を企んでいるのか知れたものではなかった。

筑後では、多くの盗賊が発生したという口実の元、年貢の不納は当たり前になった。

豊国や肥国では国王の不在中、留守を預かる高級官僚の汚職がはびこった為、これに対する反乱であり、治安の維持は不可能に近く、手の付けられない状態になっていた。

須佐之男尊は、葦原王国軍を中核として、筑前からも兵を徴募し、端から順番に、治安の回復に取り組まなければならなかった。

筑後の全域を制圧し、八人の大豪族を罷免もしくは誅殺した頃から、状況が好転した。

豊国や肥国にも兵を動かしたが、進んで帰順する豪族が増加し、汚職に関わっていた高級官僚達を罷免もしくは誅殺するに及んで、一年後には治安は回復した上、各国王の権威も回復し、遅ればせながらも年貢の納入も円滑に行われるようになった。

二、八俣遠呂智の鎮圧

次に、須佐之男尊の不在中、葦原王国内で反乱を起こし、アマでの一件が既に落着したにもかかわらず、依然として専横な振る舞いをしている高志之八俣遠呂智《こしのやまたのおろち》の処置に掛かった。コシノヤマタノオロチは、越（コシ）の国の山岳部族（ヤマタ）で、部族の名をオロチといい、蛇をトーテムとしていた。

八俣遠呂智は、八つの部族から成り、葦原王国の比婆《ひば》鉱山管区の正副長官の手名椎《てなつち》尊及び足名椎《あしなつち》尊の配下に組み込まれ、採鉱に当たっていたが、アマでの騒動に便乗して反乱を起こし、比婆鉱山管区の山々を占拠してしまった。

更に、その首領達は、長官の娘など七人を拉致して側女《そばめ》にし、須佐之男尊の本国帰還後も、容易に恭順の意を示さなかった。

ただ、八俣遠呂智は鉱山を占拠したとはいうものの、採鉱した鉱石をどのように処理して収益に換えたらよいのか、その手段をもっていなかった。

須佐之男尊の不在中、数人の将軍達が、八俣遠呂智の鎮圧に努力していたのだが、強力な統制を行える指導者を欠いていた為、いたずらに損害が増すばかりで、年月を経ていた。

手名椎尊は大山津見尊（霊山鎮護大臣）の王女であり、足名椎尊を入り婿として、手足のワザで作られる製品を支配（槌）するとともに、稲田宮主簀狭之八箇耳尊《いなたのみやぬしすさのやとみみ》という職名を与えられ、比婆鉱山管区の長官を兼ねていた。

この職名は、イナダ（島根県仁多郡奥出雲町稲田、比婆山の麓）に事務所を置き、葦原王国須佐出張所（出雲市佐田町）の隷下で鉱山（ヤト）を支配する女王の意味である。

八俣遠呂智《やまたのおろち》は、剽悍な山の民で人数も大であり、これを討伐するのは容易な事ではなく、特に、山中での戦闘では、正規軍には勝ち目は見出せなかったので、須佐之男尊は、謀略を使う事にした。

須佐之男尊は、八俣遠呂智の八つの部族に比婆鉱山管区の専有権を与え、その鉱山から上がる収益の大部分を彼等に与える事にし、一部を税として納めるように手配した。

葦原王国全般の経済から見れば、この局地的な鉱山管区の収益などは、高が知れたものであった。

しかし、元来が貧しい地域の出身のオロチ族にとっては、気が遠くなるような大きな収益であった。

八俣遠呂智一族は、採掘した鉱石を運び下ろし、現実に収益に換え、税を納める度に、須佐之男尊の臨時政庁に寄り、酒をご馳走になり、だんだんと気を許すようになった。

機は熟した。須佐之男尊は山の雪解けを待ち、この年の山の安全を祈願するという名目を掲げ、「祭」を催し、八俣遠呂智の首領達を招待した。

「祭」だというので、首領達は、主要な手下共を連れて、須佐の臨時政庁に参集した。

須佐之男尊は、大宴会を催した。多くの兵が丸腰になり女達も交えて、接待係として宴席をもり立てた。

須佐之男尊も、オロチ族の働きをねぎらい、首領達と杯を交わしていたが、暫くして席を外した。

歌が出て、踊り狂う男達が増えた。八鹽折の酒（八回蒸留を繰り返した強い焼酎）をどんどん勧めた結果、さすがの山男達も急速に酔いが回った。

遂には、酔い潰れて寝てしまう者も出始めた。

頃合いを見て、須佐之男尊は、酔い潰れた首領達と参集した男どもを包囲させた。

見渡したところ、特に許す必要がある者も見あたらなかったので、皆殺しにしてしまった。

山に残っていたオロチ族の男達は、首領達主要な者が殺されてしまったので、やむを得ずおとなしく降伏し、新しい指揮者の下で採鉱に当たることになった。

この八俣遠呂智討伐の事件をきっかけとして、葦原王国内の辺境で小さな反乱を起こしていた諸豪族が一斉に帰順してきた。

アマから帰還して後、なんと四年の年月を要した。

クニは元の通りに安定した状態に戻ったので、須佐之男尊は、八俣遠呂智討伐での戦利品の天叢雲剣《あまのむらくものつるぎ》を副えて、天照大神に戦況報告を行った。

この時点までは、須佐之男尊は、自ら天照大神の代官としての「将軍」の身分を名乗っていたが、クニにおける政情が安定し、須佐之男尊の威令がクニの隅々にまで行き届くようになると、須佐之男尊を再び「大王」の地位に担ごうと云う声が、葦原王国を中心として澎湃《ほうはい》として沸き起こるようになった。

須佐之男尊も、自らは悪い事をした覚えも無く、行き掛かり上、国王の地位を捨てたのであり、更には、乱れていたクニを自らの力で再統一したという自信が有るので、再び連合国を編成する事にし、自らも、大王（大神）と名乗った。

三、八島国の誕生

アマ国との約束もあり、葦原中国《あしはらのなかつくに》の名称は使えないので、国名を新たに「八島国《やしまのくに》」としてアマ国にも通告した。この国名は、多くの領土を持つ国、という意味である。当然の事ながら、アマ国としてはそのような事を認めるわけにはいかないので、アマ国側は相変らわず、クニの事を「葦原中国」と呼ぶ。

須佐之男大神は、比婆鉱山管区を管轄する出張所を須賀《すが》（島根県雲南市大東町須賀）に定め、手名椎尊夫妻を元通り鉱山管区の正副の長官に任じた。

鉱山管区の事務所が須佐から須賀へと変わったので、手名椎尊夫妻の職名も稲田宮主須賀之八耳尊《いなだのみやぬしすがのやとみみ》のように変わった。

一方、須佐之男大神の御子の五十猛尊《いそたける》、大屋津姫尊《おほやつひめ》、柧津姫尊《つまつひめ》の三人は、木の種苗を大量に採取し、須佐之男大神の軍事行動に随伴して四国・九州・葦原王国に植林し、その功により、五十猛尊は有功尊《いさおし》（＝イセオシ、伊勢を治める王、島根県太田市五十猛町）に任ぜられた。

因みに、伊勢《いせ》とは、瀬に近い土地の意味で、日本国中何処にでも有った普通名詞である。

須佐之男大神は、手名椎尊夫妻の娘の櫛名田比賣《くしなだひめ》（奇稲田姫《くしいなだひめ》）を正妃として迎え、たいへん可愛がった。歌まで作ったほどである。

「八雲立つ　出雲八重垣　妻籠《つまご》みに　八重垣作る　その八重垣を」

御子として、八島士奴美《やしまのしぬび》尊が生まれた。

また、大山津見尊の娘の神大市比賣《かむおほいちひめ》（神託裁判所判事＝イツのヒメ）を妃の一人とした。

生まれた御子は、大年《おほとし》尊と宇迦之御魂《うかのみたま》尊である。

大年尊　　　総理大臣　＝大敏尊
宇迦之御魂尊　　農業大臣（倉稲魂《ウカノミタマ》尊とも書く）。

第十三章　八島国　後継国王（大国主神）

一、国王の条件

八島国では、首都を安芸からオホ（太田市）に戻し、アマ国との特別な軋轢もなく、平穏な十数年が過ぎていったが、須佐之男大神としては、後継者を選ばねばならない歳になった。

須佐之男大神の正妃の櫛名田比賣《くしなだひめ》は出雲の土着倭人出身（大山津見尊の孫娘）で、葦原王国の主流（ンマ出身）でない為、その御子の八島士奴美《やしまのしぬび》尊は太子の資格に欠ける。

須佐之男大神には多くの王子及び王女が居たが、アマの系統の母を持つ王子は皆無であり、婿を迎えうる年頃の女性は須勢理毘賣《すせりひめ》尊だけであった。

この為、葦原国内のンマ系統の血筋を引く貴族達の中から候補者を選び、選考試験を実施し、須佐之男大神のめがねに適った者を、須勢理毘賣尊の入り婿に迎え、第二代八島国大王兼第十代葦原国王にする事になった。

二、王者としての資質

選考試験は、稲羽之八上比賣《いなばのやがみひめ》（鳥取県八頭郡の王女）の婿選びという形で行われた。

この事件は、後世、「稲葉の白兎」のおとぎ話になる。

花婿候補者多数（八十神）を集合させ、期日を選び、一緒に出発させたが、その内の一人の大穴牟遅尊《おほなむぢ》（オホの名持ち）は弱小国の王子であった為、他の王子達の荷物輸送係にされてしまった。

一行が、遊山気分で気多《けた》の岬（鳥取市白兎）に差し掛かると、菟《うさぎ》と名乗る褌一本の人物が待っていて、一行に哀訴した。

「和邇《わに》族との訴訟に破れ、全財産を没収されてしまったので、何とか救済して頂きたい。」

「訴訟に破れただと。間抜けめ。」

「見れば皆様立派な殿様揃いではありませんか。何か良い知恵をお授けください。」

「海の水でも浴びて、丘の上で風にでも吹かれて居よ。」

と、一笑に付され、取り合ってももらえなかった。

そこへ、一足遅れて大穴牟遅尊《おほなむぢ》が通りかかったので、また、同じ事を願い出た。

大穴牟遅尊は、菟から訴訟の内容を詳しく聞き取り、訴訟の判決を覆すのは困難であり、元の仕事には戻れそうもないと判った。

そこで、蒲《がま》の花粉を利用する新しい事業（漢方薬としての止血治痛剤）を教えてやり、菟の生計が立つようにしてやった。

実は、この件は、須佐之男大神が準備したテストであって、王者（行政の責任者）としての心構えを試したものであり、合格したのは大穴牟遅尊のみであって、他の候補者は全部落第であった。

菟から詳しい報告を受けた八上比賣は、須佐之男大神に報告するとともに、大穴牟遅尊を含めた候補者達と実際に面接した。

「私は、皆様からどのように口説かれようとも、良いお返事は差し上げられません。ただ一人だけは気に入りました。私は大穴牟遅尊を婿にします。」

候補者達は、最も弱小国の王子である大穴牟遅尊が何故選ばれたか理解出来ず、大穴牟遅尊を憎み、殺そうと計画する。

帰途、伯耆の手間《てま》（鳥取県西伯郡南部町天万）に来たとき、ここで殺そうと相談がまとまった。

「この山に赤い猪が居るという。我々が勢子になって追い落とすから、下で待ち構えていて捕まえろ。もし逃したら汝を殺すぞ。」

「心得た。」

大穴牟遅尊は、他の王子達と争う事は好まず、また、猪を取り抑える事など、至極容易な仕事なので承知した。

ところが、山の上から転げ落ちて来たのは、猪によく似た大石を火で真っ赤に焼いたものであったので、これを素手で取り押さえた大穴牟遅尊や従者達は大火傷を負ってしまい、アマから医師を派遣してもらい、やっと治療する事が出来た。

大穴牟遅尊の傷も癒えた頃、王子達は、大木を切り倒し、これを重しにした罠を作って、口実を設けて大穴牟遅尊を誘い出した。

大穴牟遅尊がその大木の下を通りかかった時に、支え棒を外して下敷にしたが、うまく木と木の間に挟まった為、打撲で気を失ったものの、危うく難を逃れる事が出来た。

大穴牟遅尊の母（刺国若比売《さすくにのわかひめ》）は、木国之大屋毘古尊《きのくにのおほやひこ》（＝五十猛尊《いそたける》）のもとに避難させるが、王子達は此処までしつっこく追い求めて来て、弓に矢を番えて、大穴牟遅尊を差し出すように、大屋毘古尊に強要した。

事ここに至っては、須佐之男大神もあきれはて、他の候補者達を懲罰せざるを得ないと判断し、大屋毘古尊に命じて、大穴牟遅尊をオホに呼び戻した。

三、将軍としての資質

呼び戻された大穴牟遅尊は、迎え出た後継王女の須勢理毘賣尊《すせりひめ》と目合《まぐあい》（媾合《まぐあい》）した。

須勢理毘賣は、大きな喜びに満ち、須佐之男大神のもとに案内した。

「すてきな若殿がおいでになりました。」

「ふむ、そなたが見たところ、どんな男じゃ。」

「美しい顔立ちで、逞しいお身体でございます。」

「ふむ。連れて参れ。」

須佐之男大神は大穴牟遅尊に云う。

「今日から、試《ため》しを行う。うまくいったら葦原色許男《あしはらのしこを》（葦原王国大将軍）にしてやるぞ。」

先ず、「蛇」と名乗る武芸者と、暗闇の部屋の中で対決させた。

次の日は、「むかで」と「蜂」が相手である。

大穴牟遅尊は、須勢理毘賣の積極的な援助を受け、ことごとく勝ち、しかも、これらの武芸者を傷つけなかった。

「ふむ。中々やるではないか。次はこれじゃ。そなたは目をつぶっておれ。今から鏑矢《かぶらや》を放つ。これを探して取ってこい。」

須佐之男大神の弓勢は強く、鏑矢は数百歩も飛んで枯れ草の大野の真ん中に落下した。

鏑矢であったので、その放つ音によって、落下地点はおおむね見当が付いたが、これを探しに、大穴牟遅尊が大野に入ったところで四周から草原に火を点けさせた。

大穴牟遅尊は、四周の火の手を見ても少しも慌てず、剣をもって草をなぎ払い、迎え火を焚いて自分の周りに大火が及ばない空間を作った。

更にいつの間にか「鼠」と称する人物が現れて、その一党が掘った穴の中に案内され、草原の火が燃え尽きるのを待って、帰還した。

四、大国主神の任務

その剛胆沈着な様子を見て、須佐之男大神はこの婿をすっかり信頼した。

そこで、親子固めの儀式を行った後、大王として果たすべき目標を二つ示し、後事を全て託して隠居する事にした。

「一つ、汝は、葦原色許男《あしはらのしこを》として、汝を迫害した例の王子達を懲罰し、葦原王国の治安を維持せよ。次に、大国主神《おほくにぬし》（オホのクニのヌシ）及び宇都志国玉神《うつしくにたま》（教王）を名乗り、我が王女の須勢理毘賣尊を嫡妻《むかひめ》（正妃）とせよ。」

「二つ目だが、宇迦能山《うかのやま》の山本《やまもと》（出雲市）に政庁を置き、汝が住む宮殿は、底津石根《そこついはね》（四国）に宮柱を太く建て、高天原《たかあまはら》に氷椽《ひぎ》（＝千木、屋根の頂上の飾り）を高々と掲げよ。出来るかな。

婿殿よ。」

大穴牟遅尊にとって、第一の目標を達成するのはそれ程の難事では無かった。葦原色許男の資格をもって軍勢を率いて、各王子を攻め、反抗する者は殺し、降伏する者には、適切な罪科を課して罰した後は、元の貴族としての待遇を与えた。

葦原王国内に威令を行き渡らせ、「大国主神（第十代葦原王国国王兼第二代八島国大王）」及び「宇都志国玉神」を名乗り、須勢理毘賣尊を正妃にした。

しかしながら、第二の目標は、「八島国のみではなくアマにまで領土を拡張せよ」という意味である。

伊邪那岐大神や須佐之男大神程のカリスマ的な力量はなく、大国主神の力を以てしては到底達成できる目標ではなかった。

大国主神の本領は、武力によって他国を屈服させるのではなく、須佐之男大神が荒造りした八島国に仁政を敷いて和楽の国を造る事に有り、八島国（葦原王国・九州・四国）を理想的な文化国家に仕立てる事には大いに成功した。

五、大国主神は何者か

この大国主神ぐらい、その出身の系統が分かり難い人物も珍しい。

記紀では、須佐之男大神の御子とか、或いは、六世の孫とか、いろいろに書かれているが、これは、須佐之男大神と結び付ける為のヤリクリであり、実際は、同時代に生きた舅と婿との関係であり、血縁関係は無いと見て良い。

古事記によると、大国主神の曾祖父に当たる人物の名が天之都度閇知泥《あまのつどへちね》尊とあり、アマ出身の人と見られる。

祖父に当たる人物の名が淤美豆奴《おみづぬ》尊とあり、出雲地方の祖先神とされる八束水臣津野《やつかみずおみづぬ》尊（風土記に登場する）と同一人物かもしれない。

父に当たる人物の名を天之冬衣《あまのふゆきぬ》尊（フヨクニ＝扶余国）といい、後の百済国王の祖先の出身地と同じ名称である。

母の出身地が何処であるか見当が付かないが、石見の中の小国であろう。

母方の祖父に刺国《さすくに》大神という大袈裟な名が付いているが、これは、大国主神の祖父に対し後から付けられた諡号らしい。

六、大国主神の補佐者達

須佐之男大神の入り婿になった大国主神は、須佐之男大神の目に狂いはなく、また、副王、摂政及び総理大臣等補佐者にめぐまれ、すばらしい名君主として名を残す。

副王は、アマ王国出身の少名毘古那尊《すくなひこな》で、主として文化面で功績を挙げた。後に、大国主神の代理として四国に派遣され、文化的な事業を指導して、そこで没する。

摂政は、須佐之男大神の御子の八島士奴美尊《やしまのしぬび》（ヤシマのシノビのミコト＝摂政）で、母は須佐之男大神の正妃であるが土着倭人の系統である為、八島国国王になれず、生涯摂政として大国主神を補佐した。

総理大臣は、須佐之男大神の御子の大年尊《おほとし》で、若い頃は、主として海上における活動を通じて大国主神を補佐し、その力量を認められて総理大臣に成った。

（海上活動をしていた頃の拠点が、播磨国南部及び淡路島であったらしく、それらの地域に、「大年神社」が多数、集中して存在する）

七、大国主神の政治姿勢

須佐之男大神が、主として武力を以て諸国を平定したのに対し、大国主神は、葦原色許男《あしはらのしこを》（葦原王国大将軍）を兼務し、多少の武力も使ったが、仁慈を主として、医療の手段・方法及び施設を拡充し、鳥獣の害を避ける方法を教える等、民政の安定に多大の成果を挙げ、隷下の大小の国王のみならず、一般庶民からも敬われ、慕われた。

この為、八千矛神《やちほこ》（八島国大元帥）としての資格で、軍勢を率い、高志《こし》（北陸地方）や九州を巡視し、様々な指導をした。四国には、副王の少名毘古那《すくなひこな》尊（前述）を代理として派遣し指導をさせた。

高志《こし》を訪れた時、高志国之沼河比賣《こしのくにのぬなかわひめ》（沼河の王女）を妃の一人としたが、先ず恋歌を贈り、返歌を待ち、次の日に目合《まぐあい》（媾合《まぐあい》）をするという、模範的な婚姻の作法を示したという。

また、嫉妬深い正妃を宥めるのに、恋歌を読んで贈り、目的を達したという逸話も残している。

八、大国主神の御子達

大国主神の正妃の須勢理毘賣《すせりひめ》尊は、嫉妬深かったが、御子には恵まれなかった。

大国主神は、宗像の沖ツ島の多紀理毘賣尊を妃とし、この妃は、阿遅鉏高日子根《あじすきたかひこね》尊及び高比《たかひ》賣《め》尊を産んだ。

阿遅鉏高日子根尊（別名迦毛大御神《かものおほんかみ》）は邑智《おち》郡を直轄領とし、賀茂（島根県安来市大塚町）に政庁を置いた第十一代葦原国王という意味。

高比賣尊（別名下照比賣《したてるひめ》尊及び稚国玉《わかくにたま》）は下（クニ）のタラシの姫という意味であり、阿遅鉏高日子根尊と共に兄妹統治の他、巫女王女の職も務めていた。

妃の神屋楯比賣《かむやたてひめ》は、事代主尊《ことしろぬし》（八重言代主尊《やへことしろぬし》）を産んだ。

　神託受信長官。＝言知り主尊という意味。

妃の鳥耳尊《とりのみみ》（富山の女王、八島士奴美尊の御子）は、鳥鳴海尊《とりのなるみ》を産んだ。

　鳥鳴海尊《とりのなるみ》。トリの国の鳴海（尾張）の王。

妃の稲羽之八上比賣《いなばのやがみひめ》は、木俣尊《きまた》を産んだ。

木俣尊《きまた》（別名御井尊《みい》）。来待《きまち》（松江市宍道町来待）の領主。湧水管理部長官。

その稲羽之八上比賣は、しばらく出雲に住んだが、正妃の須勢理毘賣尊の嫉妬が激しく、居たたまれなくなり、泣く泣く稲羽へ帰った。

第十四章　国譲り

一、最初の外交使節

アマ国においては女王が成人に達していた為、須佐之男大神との約束に基づき、
「クニの統治権を返して頂こう。」
という事になり、後継王子の正勝《まさかつ》吾《あ》勝《かつ》勝速《かちはや》日《ひ》天《あま》之《の》忍《おし》穂《ほ》耳《みみ》尊がクニ受領の為、アマからクニへと出張して来た。

ところが、八島国側では、国名も変わり、代も替わり、第二代大王の大国主神が自らの力で、葦原王国、九州及び四国を文化的な新国家に仕上げたのだから、天照大神と須佐之男大神との約束は既に無効であり解消された、という解釈をとり、天《あま》之《の》忍《おし》穂《ほ》耳《みみ》尊が高圧的な態度を取ったこともあって、八島国の首都にも入れてもらえず、ほうほうの体で帰国した。

情勢の変化にびっくり仰天した天照大神とシンル国王は、アマの大小の国王達に召集を掛けて諮問した。

「葦原中国《あしはらのなかつくに》（八島国《やしまのくに》のアマ側での呼び名）は、須佐之男大神との条約により、天照大神が治

めるべき国として、約束されている。ところが、須佐之男大神の後継者達は、クニを返そうとはしない。いったい、誰を派遣して交渉させたらよかろうか。」

首長達は相談の結果、天之菩卑能《あまのほひの》尊がよかろう、と答申する。

二、天之菩卑能尊の派遣

そこで、天之菩卑能尊は外交使節として八島国へ来たが、この人は元来が須佐之男大神の御子であり、アマの副皇太子に指定されてはいたが、本国ではあまり良い処遇を受けてはいなかったと見える。

使節として歓待され、八島国の政治・経済・文化等がアマに比べて格段に優れているのを目のあたりにした為、大国主神にすっかり心酔してしまい、一年半も経っても報告もせず、八島国に土着してしまう。

天照大神は、天之菩卑能尊の子の大脊飯三熊之大人《おほそいのみくまのうし》を派遣して、父の帰国を促すが、この人も父と同様八島国に土着してしまう。

三、天若日子の派遣

次の外交使節として、天津国玉尊《あまつくにたま》（アマ国教王）の御子の天若日子《あまのわかひこ》が選ばれ、天之麻迦古《あまのまかこ》弓《ゆみ》及び天之波波矢《あまのははや》の二人の目付役を副えられて派遣されて来た。

ところが、大国主神は、天若日子の家柄及び人柄が良いのに目を付け、後継王女の下照比賣《したてるひめ》尊と結婚させてしまった。

天若日子は、下照比賣尊との結婚により、この素晴らしい八島国の国王になれる可能性が出てきたので、すっかりその気になり、大国主神の政治を積極的に補佐し、本国に帰る事など考えもせず、四年間も経ったが報告をしなかった。

天照大神とシンル国王は、天若日子が帰国しないので忍者の雉《きぎす》（鳴女《なきめ》）を、問責の為派遣した。

「汝を葦原中国に派遣したのは、その国の支配者を説得させる為であったが、何故、四年にもなるのに報告もしないのか。」

鳴女はこっそり行動したにもかかわらず発見され、天若日子の部下の天佐具賣《あまのさぐめ》の讒言《ざんげん》により、天若日子の命令で、天之麻迦古弓及び天之波波矢の二人に殺されてしまった。

天之波波矢は、鳴女を殺してしまったが、本来は目付役であり、天若日子や天佐具賣の行動を必ずしも納得しているわけではないので、この顛末をアマに報告した。

アマではこれを憤り、折り返し、天若日子を殺すように指令した。

天之麻迦古弓及び天之波波矢の二人は、この指令を実行し、天若日子を殺害してしまった。

天若日子の葬儀には、アマから父の天津国玉尊やアマにおける妻子が参列し、八昼夜の儀式が執り行われた。

この時、八島国の後継王子の阿遅鉏高日子根尊《あじすきたかひこね》が弔問に参列したが、その容貌が天若日子とそっくりなので、アマから来た父や妻はすっかり間違えてしまい、

「わが子は死んではいなかった。わが夫は死ななかった。」

といって取り縋った。

阿遅鉏高日子根尊は怒り、

「私は天若日子と親友だったから弔問に来たのに、私を汚らわしい死人と間違えるとは何事か。」

といい、喪屋を剣で切り倒し、足で踏《ふ》み潰《つぶ》して去った。

その後で、下照比賣尊は、

「今のお方は、八島国の後継王子ですよ。」

と歌に託して説明している。

四、奇襲攻撃

遂に、業を煮やしたアマ国は、大将として建御雷之男尊《たけみかづちのを》を、副将として天鳥船尊《あまのとりふね》を選定して大艦隊を編成し、八島国首都に奇襲攻撃を掛けた。

艦隊は、出雲国の稲佐の浜（出雲大社西方の海岸）に達着し、降り立った軍兵は素早く隊形を組み、政庁に向かって突進した。

政庁には近衛兵がおり、巡回警備に当たっていたが、二千名程の侵攻軍に蹴散らされてしまった。

その結果、大国主神以下政府の首脳陣は一網打尽に捕虜にされ、停泊している軍船に連れて来られてしまった。

建御雷之男尊と天鳥船尊は、甲板に剣を突き立てて、大国主神に対し凄んだ。

「汝が治めている葦原中国は、条約により、天照大神が治めるべき国である筈だが、汝は、政権を返す気があるのか否か。」

「即答は控える。わしの与《あずか》り知らぬ事であるが、四十年も前の条約が、未だに生きているのかどうかは、神託に掛けてみなければ判らない。わが国の神託受領大臣の、わが御子八重言代主《やへことしろぬし》尊が答えるだろうが、丁度今、神前に供える鳥や魚を採る為に三保の岬に行っていて、未だに帰って来ない。」

三保の岬に急行した天鳥船尊に連れて来られた八重言代主尊は、大国主神以下全員が捕らえられているのを見て、びっくり仰天した。

大国主神からいきさつを聞かされ、神託を伺うように命ぜられた。

建御雷之男尊や天鳥船尊としても、神託の結果が八島国側に有利に出れば、次の手だてを考えなければならず、場合によっては、手ぶらでアマ国に引き揚げなければならないので、固唾《かたず》を呑んで見守った。

そこで、八重言代主尊は、潔斎精進して仕度を整え、恐る恐る神託を仰いだ。

神託では、なんと「大国主神は隠退せよ」と示されてしまった。

結果の恐ろしさに、八重言代主尊は神託受領大臣の職を返上してしまった。

五、建御名方尊の反撃

そこへ、大王の一大事と、建御名方尊《たけみなかた》（武勇優れた宗像国王）が、付近の豪族達に声をかけ、所在の軍勢二千名程をかき集めて駆けつけて来た。

「やあやあ、誰だ、我が国に来て、ここそと物を言っているのは。我こそは、八島国にその名も高い建御名方尊なるぞ。お主も武将ならば戦で決着を付けようではないか。」

「承知した。戦場はいずこにするぞ。」

「稲佐の浜は如何じゃ。」

「心得た。」


両軍ほぼ同数の兵力であり、準備を整えて両軍は対峙した。

「八島国の兵達よ。我が国の興廃、この一戦にあり！　いざ参る。者共、かかれ！」

建御名方尊《たけみなかた》は、勇ましく建御雷之男尊《たけみかづちのを》に挑みかかるが、大将は勇ましくとも、永らく平和に慣れた八島国の兵は弱い。それに引き替え、アマから来た兵は、この日のために選び抜かれた精兵揃いであった。

矢戦では互角であったが、矛と剣の戦いになると、アマ軍が押しに押して、八島軍はジリジリと下がり、一角の数人が倒されて均衡が崩れたのをきっかけに、総崩れになって逃げ散った。


緒戦で破れた建御名方尊は、腹心の手兵のみを率いて逃走した。

「殺すな。捕まえろ。」

追っ手の大将は困惑した。殺せと言われれば、遮二無二追いすがって斬り込めるのだが、捕まえろと言われたのでは、それなりの人数をそろえて、包囲しなければならない。

ともあれ、追っ手が手筈を整えるためグズグズしている間に、建御名方尊は遠くまで逃げた。

爾後、追っ手が近づいたことを察知すると逃げ、離れると休息し、十日もかけて、信濃国の諏訪湖まで逃げたところで、遂に追いつかれ捕捉されてしまった。

「降参する。もう逃げない。許されるなら、わしは、此処からは何処にも行かない。大国主神の云うことにも違反しない。八重言代主尊の云うことにも違反しない。この八島国は、アマ国に献上致す。」

六、国譲りの条約成立

信濃国から凱旋した建御雷之男尊は、八島国政庁に軟禁されている大国主神に、更に、国を譲るよう強く迫った。

大国主神は、大王の威厳を湛えつつ、

「御使者の建御雷之男尊と天鳥船尊よ。もし、私が、御使者の申し出を拒み、八島国を保持しようとすれば、八島国の諸豪族は挙って戦闘に参加し、私が死んだ後も、須佐之男大神の遺言に従って、アマ国を八島国の傘下に入れる為、アマ国に攻め込む事になろう。せっかく穏やかであったアマ国も再び戦乱に巻き込まれる事になろう。八島国にはそれだけの実力が備わっているのだぞ。」

と威嚇した後、天の沼矛《あまぬほこ》（帝王杖）を建御雷之男尊に渡して、申された。

「しかし、私は、争いを好まない。私を補佐する二人の者が降伏したように、この八島国は、ただ今を以て、天照大神に差し上げよう。ただ、国譲りには条件がある。この国を天照大神及びその子孫が継続的に治めるつもりならば、アマとクニを別々にしないで、まとめて一つの国として頂きたい。そうすれば、私も須佐之男大神から申しつけられた目標を達成する事が出来るので、安心して隠居出来るだろう。この天の沼矛は、遠く伊邪那美《いざなみ》尊から須佐之男大神を経て、私に伝えられた帝王杖である。この天の沼矛を捧げ持ち、八重言代主尊が率先してお仕えすれば、この国の百八十にも及ぶ多くの豪族達も反逆する事は有るまいよ。」

七、八島国の終焉

建御雷之男尊と天鳥船尊は、国譲りの条約成立の儀式を終え、大国主神から差し出された岐守《ふなとのかみ》を道案内人とし、半年もかけて八島国を巡視し、諸国の国王を宣撫した。

その後、八重言代主尊、大物主尊（八島国陸軍大臣）をはじめとし、諸国の国王等を帯同してアマ国に帰り、その顛末を報告した。

八重言代主尊以下の諸国の国王等は天照大神に忠誠を誓った。

大国主神が直接統治する国の範囲は、元の葦原王国のみとなったが、新政権「九州王朝（倭《い》国）」の大きな構成国の一つとして存続し、大国主神も自ら新しい大王の下へ尋ねて行ったりしていた。

古事記には、大国主神が正妃の嫉妬を避けて倭《い》国《こく》に逃げ出すというエピソードがある。

第十五章　九州王朝（倭国）の成立

一、統治者の選定

クニの統治権を取り戻す条約を締結する事が出来た天照大神は、太子の天之忍穂耳《あまのおしほみみ》尊を統治者として派遣しようとした。

ところが、天之忍穂耳尊は既に相当な年配であったので、自ら辞退し、代わりにその王子の天火明《あまのほのあかり》尊及び天番能邇邇芸《あまのほのににぎ》尊の二人を派遣する事を進言した。

（記紀の本文に於ては、天番能邇邇芸尊のみを派遣したことになっている）

この王子達は、天之忍穂耳尊と萬幡豊秋津師比賣《よろずはたとよあきつしひめ》尊の御子であり、初代天照大神の孫にあたり、「天孫」と呼ばれる。

天火明《あまのほのあかり》尊の正式の諡号は、天照国照彦火明《あまてらすくにてらすひこほのあかり》尊といい、アマを治め、クニを治める王という意味を持つ（日本書紀一書㈧）。

天番能邇邇芸《あまのほのににぎ》尊の正式の諡号は、天邇岐志国邇岐志天津日高日子番能邇邇芸《あまにぎしくににぎしあまつひこひこほのににぎ》尊といい、アマの為に祈り、クニの為に祈る王という意味を持ち、祭祀担当の副王である。

天孫の派遣に当たって、兄の天火明尊は、かなり成長していたようであるが、弟の天番能邇邇芸尊は未だ幼児であり、衾《ふすま》にくるまれ、母に抱かれていた。

天照大神は初代と同様、アマ国の諸王から敬愛されており、この女王が居らなければアマ国は治まらないので、アマ国に残留した。

天孫に従った官僚は、アマ国政府の主要な職務の者ばかりであり、政府の殆どは天孫に随行してクニへ移動した事が判る。

総理大臣
大蔵大臣
戸籍大臣
農業大臣
宮内大臣
陸軍大臣
外務大臣
研磨部長官
玉作部長官

等々である。（補注十六）

二、天孫降臨

一行は、アマの首都（現ソウルあたり）を出発した。

天孫は、天忍日尊《あまのおしひ》及び天津久米尊《あまつくめ》が指揮する親衛隊に護衛され、沿道で歓呼して見送る住民を掻き分け掻き分け、アマ国内を南北に縦断した。

諸々においてアマ王朝の威厳を示しつつ行進し、アマ国の南岸（釜山か馬山あたりか）に着いた。

更に、天孫一行は、大国主神から差し向けられた案内人の猨田毘古尊《さるたひこ》（津島国王か）の誘導に従って、アマを離れクニに向かった。

一行は、天の浮橋（軍船）に乗って対馬、壱岐を経て対馬海峡を越え、唐津（佐賀県）付近に上睦した。

唐津付近からは陸路東の方向に進み、笠沙埼《かささのみさき》（糸島半島）に至った。

そこは、九州の首都の地であり、九州国王の事勝国勝長狭《ことかつくにかつながさ》（伊邪那岐大神の子孫）が、大国主神に命ぜられて、出迎えに参上していた。

天火明尊は、事勝国勝長狭の案内で福岡湾岸の地方を巡視した後、竺紫《ちくし》の日向《ひなた》において新王朝の経営を開始した。

古事記には、天火明尊が次のような詔勅を出したとある。

「この土地は、韓国《からくに》に向かって笠沙の岬から真っ直ぐの場所で、朝日も夕日も差す日向《ひなた》の国である。良い土地である。」（補注十七）

時に、**西暦紀元前一三〇年頃**の事であった。

三、九州王朝とは

この王国「九州王朝」の名称は、いつの頃からか、「倭《い》国」と呼ばれるようになった。後に、魏志倭人伝で「邪馬壹《やまい》国」（邪馬倭《やまい》国）として紹介される倭人の王朝である。

領土の範囲は、朝鮮半島上では、ほぼ現在の韓国の領域に等しく、日本列島上では、北から北越地方、佐渡島、中国地方、淡路島、四国、九州である。

初代大王には天火明尊が、副王には天番能邇邇芸尊が成り、兄弟統治をした。兄弟統治は邪馬壹国の特徴の一つである。

天孫降臨の際には、未だ幼児であった天番能邇邇芸尊も、十数年も経つと立派に成長し、兄天火明尊とともに、しっかりと新たな王朝の経営に貢献するようになった。

この兄弟の大王達は、未来の「倭国」、更には「邪馬壹国」への基礎を作っていったのである。

この国は、九州を直轄領とし、その他の領土（アマ国、葦原王国、四国）には従来の国王をそのまま存続させた。

因みに、「九州」という名称は、古代の中国においては天子が直接統治する地域の範囲をいい、倭《い》王は、そっくりこれを真似して、直轄領を「九州」と称していた。

四、九州王朝の第二代以降は正史から抹殺される

後の大和王朝の立場からいえば、自らの出自が「天孫族」で、遠祖が天番能邇邇芸尊であることが重要なのであって、天孫として天降ったのは、天番能邇邇芸尊のみとし、日本書紀の本文ではそのように記述している。

しかし、全く嘘をつくわけにもいかないので、一書(八)において、さりげなく、天火明尊の正式の謚号（天照国照彦火明尊《アマテラスくにてらすひこほのあかり》）を記している。

つまり、自らの手で滅ぼしてしまった宗家（倭国）の家系などは、記述しないばかりか、抹殺の対象であろう。

従って、「九州王朝」（倭国）の初代大王の天照国照彦火明尊《アマテラスくにてらすひこほのあかり》とその子孫に関する事績は一切書いてない。

また、初代副王天番能邇邇芸尊《あまのほのににぎ》の正系の子孫についても記述がない。

幻の「九州王朝史」のようなものがあれば、明記されていたのかもしれない。

一方、記紀を正確に読めば、大和王朝の祖先は天孫の血を引いているとはいうものの、「九州王朝」初代副王天番能邇邇芸《あまのほのににぎ》尊の傍系の子の更にその傍系の子である事になる。

五、政権のタガが緩む

この倭国は、時代の経過に伴って、統治の範囲をだんだん縮小せざるを得なかった。

すなわち、三世紀の魏志倭人《いじん》伝に記述されているように、日本列島西部に百余を数えた領土《しま》も、三十にまで減少した。

政権の中枢が、九州に移って百年以上経つと、宗家としての威令が十分に届かなくなり、隷下のそれぞれの国が各個に政治を行うようになった。

伊邪那岐尊や須佐之男尊のような、強烈な力を持つ御子が生まれなかったのであろう。

先ず、紀元前五七年、高御産巣日尊の子孫のシンルが「新羅」として独立し、次いで、紀元前一八年、天照大神のアマにおける子孫のンマが「百済」として独立した。

ミムの王はいつの間にか権威を失い、「倭国」から代官を派遣せざるを得なくなった。
（後に「任那《みまな》」という地域になる）

葦原王国、四国や熊襲国も、同盟は維持しつつも、なんとなく独立してしまった。

特に葦原王国は、「王朝」としての性格を強く持っていた。

四国は、月読尊の子孫が、継続して、君臨していたようである。

熊襲は、最初から排他的な気風を持ち続けていた。

六、木花之佐久夜毘賣《このはなのさくやひめ》登場

さて、倭国の副王の天番能邇邇芸《あまのほのににぎ》尊には、当然、アマ系統の正妃が居る。

たまたま、笠沙埼で麗しい乙女を見つけ、一目惚れをしてしまった。

「そなたは誰の娘じゃや。」

「わらわは、大山津見尊の娘、神阿多都比賣《かみあたつひめ》、また、木花之佐久夜毘賣《このはなのさくやひめ》とも言われています。」

「そなたには姉妹が居るのか。」

「姉が一人。石長比賣《いはながひめ》と申すのが居ります。」

「吾、そなたを妃にしたいと思うが、如何に。」

「私は、何ともお返事は出来ません。私の父に言って下さい。」

そこで、大山津見尊に打診した。

「忝《かたじけ》ない。天番能邇邇芸尊様に見初められたとは、娘冥利に尽きまする。どうぞ姉の石長比賣も差し上げまするので、可愛がってやって下されたい。」

ところが、姉の方はあまり器量が良いとはいえなかったので、断られてしまった。

この時代、男女の関係はかなり大らかであったらしく、かの、大国主神と須勢理毘賣尊も、須佐之男大神に対面する前に、サッサと、媾合《まぐあい》（性交渉）は終わっていたらしい。

遙か後代の「隋書　俀国伝《たいこくでん》」でも、「……、男女相悦《あいよろこ》ぶ者は即ち婚《こん》をなす」と書いてあるくらいである。

ともあれ、天番能邇邇芸尊は、一夜妻のつもりで、木花之佐久夜毘賣を抱いたらしい。

半年以上が経ち、木花之佐久夜毘賣の侍女が尋ねてきて姫の言葉を伝えた。

「私は、妊娠しました。今産むときが迫っていますが、貴い身分の貴方様の兒ですので、勝手に産むわけには参りません。貴方様の兒であると認めて下さいませ。」

天番能邇邇芸尊にたった一夜しか愛されなかったのに、妊娠してしまった為、天番能邇邇芸尊は自分の子である事を疑った。

「いかに私が天神の御子であるとはいえ、一夜にして孕ませるほどの神通力は持っておらん。きっと、この土地の若い男が孕ませたのであろう。」

「何をおっしゃいますか。姫様は、貴方様以外の男に抱かれたことなどございません。」

「いいや、嘘だ。」

「嘘ではございません。」


侍女の報告を聞いて、木花之佐久夜毘賣は怒り心頭に発した。

「もう宜しい。神々に証明していただきましょう。」

怒った木花之佐久夜毘賣は、出産の時、出入口の無い土の産屋を造ってその中に入り、神々も御照覧あれとばかりに、周りから火を点けさせてしまった。

木花之佐久夜毘賣は、炎に包まれた産屋の中で三つ児を産み、最初の御子は火照《ほてり》尊、次の御子は火須勢理《ほすせり》尊、最後の御子は火遠理《ほおり》尊と名付けられた。

七、海幸彦と山幸彦

さすがに、天番能邇邇芸尊も認めざるを得ず、子供達が成長した後は、それぞれの資質に応じて、役職を与えることになった。

火照《ほてり》尊には、海佐知毘古《うみさちひこ》という別名を与え、漁業関係者を支配する役職に就かせた。

火遠理《ほおり》尊には、山佐知毘古《やまさちひこ》という別名を与え、狩猟関係者を支配する役職に就かせた。

ところが、火照尊は部下の漁業関係者に人気が無かったらしく、綿津見《わたつみ》尊（海軍大臣）や鹽《しほ》椎《つち》尊（水資源管理大臣）が中心になり、火照尊を追放する事を画策していたらしい。

ある時、火照尊の役職を証明する象徴（釣針）が紛失し、火遠理尊が責任を被せられてしまい、火遠理尊がいくら弁明しても聞き入れてもらえず、ほとほと困っていたが、鹽椎尊の手引により、しばらくの間、綿津見尊の所に避難する事になった。

竹を編んで作り上げた小舟に乗せられ、潮のまにまに漂っていくと、美しい宮殿に着き、この綿津見尊の宮殿に居候をすることになった。

（後世、「浦島太郎」のモデルになったらしい）

火遠理尊の避難生活は、綿津見尊の王女豊玉《とよたま》毘賣《ひめ》尊に惚れられて妃（正妃ではない）にする等、結構楽しいものであった。

三年経ち、火照尊追放の準備も整ったので、本国に帰る事になった。

象徴としての釣針は、綿津見尊の指示で部下の漁業関係者が隠匿してあった。

綿津見尊はこれを取り出して火遠理尊に与え、その象徴（釣針）の効力を失わせる呪文を教えた。

更に、鹽椎尊の協力を得て、臨時に灌漑用水《かんがいようすい》の操作の権限を火遠理尊に与えた。

本国に帰った火遠理尊は火照尊に釣針を返納した。

しかし、この釣針の「象徴」としての効力は既に失われており、火照尊が「釣針」の権威を示して漁業関係者に命令しても、誰も云う事を聞かなくなっていた。

また、鹽椎尊の企みで、火照尊が営む水田には水が行かないようにし、三年間も収穫が無く困窮させた。

怒った火照尊は、兵を集めて火遠理尊を殺そうと攻め寄せた。

火遠理尊は、灌漑担当の役人に命じ、貯水池の水門を開いて水を溢れさせた為、火照尊とその兵達は溺れて流され、戦闘は火遠理尊の大勝に終わった。

兄の火照尊はやむを得ず、臣籍に降った。

八、彦火火出見尊の任地は日向の国

火遠理尊の正式の諡号は、天津日高日子穂穂手見《あまつひこひこほほてみ》尊と言い、通称を彦火火出見《ひこほほでみ》尊とも言う。

その名称は、聖なる火を扱い、神託を司どる職務を表していると見られ、霊山の阿蘇山を鎮護するのが職務であったらしい。

火照《ほてり》尊との事件から数年経って、このような職務を与えられ、阿蘇山系の高千穂峡付近から現宮崎県延岡あたりに領地を持った（山また山の辺鄙な土地である）。

古事記によれば、彦火火出見尊は五百八十年（二倍年歴にしても二百九十年）生きたとあるが、生存年数ではなく、その職務が永く世襲されたものと見ても良かろう。

その孫の「神武天皇」の尊称にも「彦火火出見尊」が付いている。

（二倍年歴については「あとがき」で詳述）


ところで、豊玉毘賣尊が妊娠し、臨月になった。

そこで、海辺に産屋を造り、屋根を鵜の羽根で葺いたが、造り終えないうちに陣痛が来た。

「見ちゃいやよ。見ないで。」

現代風に言えばこんな慌ただしさの中での出産であった。

見るなと言われれば見たくなるのが人間の性《さが》か。隙間だらけの産屋をのぞいた彦火火出見尊は、びっくり仰天した。

産みの苦しみで、のたうち回り、呻き、泣き叫ぶ妃の姿を見て、慌てて逃げた。

覗き見られて恥をかいたと感じた豊玉毘賣尊は、怒り心頭に発し、出産の後、里へ帰ったきり、二度と姿を見せなかった。

産まれた御子には、なんと、「鵜草葺不合尊《うがやふきあえず》」という、奇妙な名前が付けられた。

鵜の羽根で屋根を葺いたが、出来上がらないうちに産まれてしまった、という意味であり、当時としても異様な名前であったと思う。

これが諡号であるならば、何の官職にも就けず、平々凡々と生涯を過ごしたものと見られる。

鵜草葺不合尊は、正式の諡号を天津日高日子波限建鵜葺草葺不合尊《あまつひこひこなぎさたけうかやふきあえず》という。

九、鵜草家に神武天皇誕生

時は流れ、鵜草葺不合尊は成長し、豊玉毘賣《とよたまひめ》尊の妹玉依毘賣《たまよりひめ》尊を妃に迎えた。

その玉依毘賣尊は、五瀬《いつせ》尊、稲氷《いなひ》尊、御毛沼《みけぬ》尊、若御毛沼《わかみけぬ》尊という四人の御子を産んだ。

この四人の御子の名称は、地名であろうが、現存する地名に当てはまるのは、五瀬《いつせ》尊の五ヶ瀬川と若御毛沼尊の別名狭野《さの》尊の佐野（いずれも宮崎県延岡市）のみである。

若御毛沼尊は、別名を豊御毛沼《とよのみけぬ》尊、狭野《さの》尊、神倭伊波禮毘古《かむいいはれひこ》尊、神日本磐余彦火火出見《かむやまといはれひこほほでみ》尊といい、後の「神武天皇」である。

若御毛沼尊の誕生は紀元前六十年前後の事であった。

第十六章　神武東征

一、不満のはけ口を何処に向けるか

鵜草《うがや》家の四人兄弟は、度々長兄の五瀬尊《いつせ》の所に集まっては、平素の生活の不満を述べ合っていた。

幼年期には不満は感じられなかったが、青年期ともなれば、倭《い》国の中心地から遠く離れた僻地において、これと言った官職に就くことも出来ず、いたずらに年月を過ごしているいらだちが募ってくるのであった。

「何か、めざましく面白いことはないかのう。」

「子供の頃は、よく喧嘩をして、勝っても負けてもそれなりに面白かったが、近頃は、喧嘩の相手もよけて通りよる。」

「昔は、戦争があったらしいが、今の世の中では、戦争の影も形もないのう。」

「南の熊襲も近頃はおとなしいし、葦原の地も淡島《あわのしま》も、静かなものじゃ。」

「淡島と言えば、伊邪那岐尊様の陵《みささぎ》のある淡路島《あわじのしま》というのは、遠いのであろうか。」

「遠い。遠い。淡島の更に先という話じゃ。」

「そう言えば、淡路島の先に鳶《とび》とか云う国があるそうではないか。」

「うむ、野蛮人の国じゃそうじゃ。」

「ほう、野蛮人でも国を作るのかのぅ。」

「そのような国を征伐してみたいものじゃ。」

「それは面白そうじゃのう。」

そのような他愛もない話が実を結んでしまった。

二、東征開始

紀元前四十一年、若御毛沼尊を含む四兄弟は、倭国《い》の承認を得るべく日向国を発った。

そして、「鳶王国」征伐という途方もない夢を追って、遠征の旅に出ることになった。

伴った兵力は、募集に応じて集まった約五百人程であった。

十月、速吸之門《はやすいのと》（豊後水道）を通過して宇佐に到着し、数日間休息した。途中で椎根津彦を水先案内人として拾う。

十一月、岡水門《おかのみなと》（福岡県遠賀郡芦屋町）に至り、半月間滞在し、その間に、倭国《い》の政庁に挨拶に出かけ、激励を受ける。

倭国政府の首脳部としては、冷やかし半分の気持ちであっただろう。

「鳶王国の実力も知らない田舎者ばかりだから、どうせ失敗するであろうが、近頃珍しく威勢の良い若者である。気持ちよく送り出してやろうではないか。」

十二月、安芸国（広島県安芸郡府中町）に至り、三カ月間滞在し、兵と船を募る。

紀元前四十年三月、吉備国高嶋宮（岡山市中区高島）に至り、三年間かけて兵を募り、訓練するとともに、武器《い》（矛と弓、特に矢）・食料・軍船を十分に整えた。

これは、宗家倭国からの要請により、葦原王国が全面的に協力してくれたものである。

いつの世にも日頃の生活に飽きたらず、刺激を求める若者は大勢居るもので、兵は備前・備中の地を中心として、山陽・山陰の各地からの応募があり、二千人程集まった。

これらの兵の中で、訓練の結果、武術の出来が良く機転の利く者を選び、小頭とした。将来は働き次第では、将に昇格される候補者である。

紀元前三十七年二月、いよいよ遠征の旅に出ることになった。

大小の軍船二百艘を連ね、瀬戸内海の備前、播磨、摂津の沿岸を東進し、大阪湾の最も奥まで至った。

当時の淀川河口（現新幹線新大阪駅付近）で激しい水流をさかのぼり、東側の広大な沼沢地へと漕ぎ進んだ。

三月、日下《くさか》（大阪府東大阪市日下町）に至り、そこに上陸した。

当時の大阪湾はかなり入り込んでおり、大阪平野の多くは沼沢地であり、東大阪市日下町あたりまで船で行けた。

現大阪府枚方《ひらかた》市も淀川沿いの沼沢地であり、元の名は白潟《しらかた》もしくは平潟《ひらかた》と言ったらしい。また、新大阪駅付近に南方《みなみがた》という地域があるが、これも南潟《みなみかた》であったのであろう。

三、緒戦の敗退

四月、陸路南へ進み、山越え（志貴越え）で奈良盆地へ入ろうと試みるが、道が狭く険しくて、軍勢を通過させるのは無理だと判り、元の場所に戻った。

このため十日程を浪費した。

一方、生駒山あたりの住民からの通報を受けた鳶王国では、状況の分析を急いだ。

大勢の兵を率いて上陸してきた者が何者であるか判然としないが、とにかく兵を集めることにした。兵は逐次集まり、最終的には三千を超した。

遠征軍は、次は、生駒越えで奈良盆地に入ろうとして準備を始めた。

「鳶王国」大王の登美能那賀須泥毘古《とみのながすねひこ》は、侵入者を撃退するために多くの軍勢を派遣し、生駒越えで進撃させた。（補注十八）

双方の先峰同士の小競り合いの後、両軍態勢を整えて、孔舎衛坂《くさえざか》（阪奈道路下り口付近）においで、先ず、矢戦《やいくさ》が開始された。飛び交う無数の矢は、空を暗くするほどであった。大声で軍兵を叱咤激励していた指揮官の五瀬尊が腕に矢を受け重傷を負って倒れた。毒矢だったと見えて、五瀬尊の苦しみようは並大抵のものではなく、転げ回って呻いた。

「大将軍がやられた！」

「なにぃ、どんな具合だ。」

「毒矢だ。毒矢を当てられて、ひどい苦しみようだ。」

「毒矢だとぉ。そいつは危ない。みんな、気をつけろぉ。」

ただの矢であれば、よほど当たり所が悪くなければ治療できるが、毒矢となると当時としては、戦場では治療の方法がなかった。

これを聞いて軍兵は怯み、岸辺（盾津）まで退却して、盾を並べて、防戦に努めた。船には十分な矢が積んであったので、この場所での矢戦は、遠征軍が敵を圧倒し、敵は矢の届かない場所で地団駄を踏み、罵声を挙げるだけとなった。

ここはひとまず退却、と決心し、全員乗船して、戦場から離脱した。退却の口実は、

「我らは日の神の子孫なのに、日の方向に逆らって攻めたのが間違いであった。日を背負って戦える場所を選ぼう。」

船団は、迂回できそうな場所を探して、一路大阪湾を南下した。

四、紀伊半島沿岸の回航

五月、芽渟《ちぬ》の山城水門《やまきのみなと》（大阪府泉南市樽井）で軍兵を休ませた。

更に南下し、紀国の竈山《かまやま》（和歌山市和歌浦付近）に至ったところで、遂に、五瀬尊は全身に毒が回って崩御された。

五瀬尊は頼りがいのある人物であり、兵達にも敬愛されていた。遠征軍は、深い悲しみに包まれてしまった。

五瀬尊は竈山の陵（現竈山神社か）に葬られた。


土地の豪族、名草邑《なくさのむら》（和歌山市名草）の名草戸畔《なくさとべ》が、文句を付けてきた。

「何だ、おめえ達は。他人の土地に来て、勝手に墓を作るとは何事か。」

「無断で入ってきたのは、申し訳ない。先頃、登美能那賀須泥毘古殿と合戦をして、戦死者が出たのだ。また、怪我人もかなり出ている。この土地で養生させたいのだが、協力して頂けないか。」

「登美能那賀須泥毘古様と戦ったんだと。それで負けて逃げてきたのだな。怪我人の養生などとんでもないことだ。さっさと出ていってくれ。」

名草戸畔は、ここで侵攻軍を追い出すことが出来れば、那賀須泥毘古に恩を売ることが出来ると判断し、大急ぎで兵を集め、気勢を上げて攻め寄せてきた。

破れたと言っても、鍛え抜かれた遠征軍の兵は強い。

矢戦が終わらないうちに、名草戸畔の兵は尻込みを始め、ついには逃げ出した。

これを追い回し、名草戸畔を討ち取った。

名草戸畔の一族との談判の結果、この土地での怪我人の養生はしっかり面倒を見るということになった。また、名草戸畔の一族の相当な人数が、遠征軍に加わることになった。

これは残置する怪我人と交換の証人（人質）の意味もあった。

五、海難事故

六月、更に紀伊半島沿岸を南進し、次に紀伊半島南端（潮の岬）を回った。

熊野の神邑《みわのむら》（新宮市三輪崎）で上陸し、兵を休息させた。

遠征軍の首脳部は、近くの山に登ったりした。

多少、風波は強いが、さしたる事もあるまいと、再び出航し、沿岸沿いに北進しているうちに、猛烈な暴風雨（台風）に遭遇した。

これは危ないと感じた時は既に遅く、「岸に寄せろ」という指図の声も風に飛ばされ、視界は全く閉ざされ、船団は散り散りの状態で漂い続けた。

此処で、稲氷尊の船が転覆し、尊は溺死してしまう。また、御毛沼尊が乗った船が方向を見失い、黒潮反流に流されて、結果的に四国に漂着する事になった。

残った若御毛沼尊以下の軍船は、神邑《みわのむら》から熊野（現熊野市）までの海岸にバラバラに漂着したが、若御毛沼尊をはじめとする軍兵全てが船酔いと疲労で倒れ伏してしまった。

熊野の高倉下《たかくらじ》という豪族が、一族を挙げて救助・介抱した為、数日後ようやく船酔いも疲労も癒え、若御毛沼尊は新たな頭領として、軍勢をまとめることが出来た。

幸い、海没した軍船は、奇跡的に案外少なかった。

更に、高倉下は夢で授かったという神剣を捧げ、道案内人として「八咫烏《やたがらす》」という紀伊半島の山道に詳しい一族を連れてきた。

六、陸の進撃開始

七月、八咫烏一族を先導として、紀伊半島を北上した（現一六九号線沿いか）。

この道は、長い谷川沿いの一本道で、二人並ぶことは無理であり、軍勢は長く伸びてしまった。

この道の西側は、後世の「役行者」以来、修験者の聖地となる山々が十峰以上そびえ立ち、東側は「大台ヶ原」に代表される人跡未踏の険しい山岳地帯である。

兵は、食料と矢を背中いっぱいに背負い、猛暑の中、あえぎあえぎ進軍した。

高倉下の一族が補給隊として支援した。

伯母《おば》峰峠《みねとうげ》を越えて吉野川の上流に至った。

吉野川に沿った細い道を伝わって山を下り、川上（奈良県吉野郡川上村）に至った所で、「井氷鹿《いひか》」という山の豪族が配下に加わった。

国栖《くず》（奈良県吉野郡吉野町国栖）では、「石押分《いはおしわく》」という山の豪族が配下に加わった。

更に、「贄持《にえもつ》」という河の漁民一族が配下に加わった。（補注十九）

七、宇迦斯の討伐

八月、菟田《うだ》の穿邑《うかちのむら》（奈良県宇陀市菟田野町宇賀志）に近づいたところで、使者を派遣して、その土地の豪族、兄宇迦斯《えうかし》と弟宇迦斯《おとうかし》を味方に付くよう説得する。

弟宇迦斯は、説得に応ずる気配が濃厚であった。

兄宇迦斯は中々承知しない上、謀計を企図した。狭間の両側に兵を伏せ、遠征軍が狭間に入ったところで、一斉に攻撃しようというのである。

これは、戦術としては悪くない。しかし遠征軍の諜報活動の方が上手であった。

井氷鹿《いひか》や石押分《いはおしわく》の手下達が、偵察員になって、兄宇迦斯の準備した地域にのこのこと出かけ、この土地の言葉と訛りで話しかけた。下級兵士は口が軽い。

「おめえ達、弓や矢ぁ持って集まっているけんど、鹿狩りでもするんかよ。」

「いんや、鹿よりもっとでっけぇ獲物がかかるだよ。余所から来た軍勢がこの下の道を通ったとき、俺たちが両側から攻めて、皆殺しにするだよ。」

「そんじゃ、戦《いくさ》をするんかよ。その余所者ちゅうのは何処に居るんだよ。」

「昨日は国巣《くす》のあたりを通ったという話だ。」

「国巣だとぉ、俺の村じゃねえか。おっかぁと子供があぶねぇ。急いで帰るべぇ。」

この種の情報に基づいて、若御毛沼尊は、道臣命と大久米命の両将に命じ、山の中を遠回りして、兄宇迦斯が準備した罠の外側から大きく包囲させた。

この付近は小さな川を挟んで小丘陵が続いており、兄宇迦斯としては罠を作りやすい地域であった。

それとともに、遠征軍にとっても、更に外側から包囲するにも好適な地形であった。

結果は呆気なかった。兄宇迦斯の兵達は、両側から押し包まれ、自らの罠に閉じこめられてしまった。

遠征軍は、抵抗する者のみを傷つけ、その他はどんどん捕虜にした。

混乱の中で兄宇迦斯は殺されてしまった。

弟宇迦斯は一族（約五百）を率いて降伏し、以後積極的に作戦に参加した。

また、かなりの矢が補充できた。

八、磐余《いはれ》の戦い

九月、弟宇迦斯の案内に従って、宇陀の榛原《はいばら》南側地域に兵力を推進した。

更に、奈良盆地方面へ進出しようとしたが、磐余《いはれ》（奈良県櫻井市）の豪族、兄磯城《えしき》・弟磯《おとし》城《き》の軍勢によって、主要な三本の道は、北から墨坂《すみさか》（国道一六五号線）・男坂《おさか》（県道一九八号線）・女坂《めさか》（国道一六六号線）において塞がれていた。

これらの道の一本か二本を打通しなければ、奈良盆地はおろか磐余に顔を出すことも叶わなかった。

弟宇迦斯の情報によれば、この大豪族は、二千名以上の兵を動かせるという。

そこで、相手の配置を綿密に偵察した結果、それぞれの道の守備隊は、墨坂（約二百）、男坂（約八百）、女坂（約四百）で、それぞれ独立的に配置されていて、相互の連絡は取れていないことが判った。

また、磐余には約千人近い主力がたむろしているらしい。


十月、使節を派遣して、味方になるように説得したが、けんもほろろに断られてしまった。この上は、力押しをするしかなかろう。

若御毛沼尊は、遠征軍の半数を一点に集中し、先ず地形的に男坂から隔絶している女坂の敵四百を包囲急襲し、多くを討ち取ったが、残敵は峠に拠って激しく抵抗したので、この道の打通は出来なかった。

そこで、麓の要点に一部の兵をとどめて、相手の進出を防ぐ処置を講じた。

この間、男坂及び墨坂方面の兵力の増減は認められなかった。

十一月、再び、使節を派遣して、味方になるように説得した。

弟磯城は説得に応じそうだが、兄磯城は頑として反発し、説得に応じない。

この上は、正面に配置された軍勢を排除しなければなるまい。

兄磯城や弟磯城の所在もつかめたので、作戦は立てやすい。

若御毛沼尊は、約八百名の兵を墨坂方面に隠密に回り込ませた。

次の日には、主力をもって男坂正面からじわじわと攻め始めた。

兄磯城も、これを遠征軍の主力と判断し、磐余に集結していた自らの主力（約一千名）を呼び寄せ、男坂正面に注ぎ込んできた。

遠征軍主力は、一進一退の戦闘を繰り広げ、敵の主力を拘束することに成功した。

一方、墨坂方面の別働隊は、比較的少人数の守備部隊を一撃で圧倒殲滅し、この道を打通して、磐余の近くまで進出して夜を迎えていた。

夜、彼我対峙したまま、翌朝の戦を準備した。

篝火の周辺を除いては、夜は漆黒の闇に包まれ、彼我共に集団行動などは出来なかった。

夜明けとともに、墨坂方面の別働隊は動き始め、男坂の後方に回り込むために急いだ。

午前から午後にかけて、遠征軍は、兄磯城の軍主力を、前後から挟み撃ちの形で攻め続けた。

兄磯城の軍は、混乱その極に至り、まともな戦にならなかった。

抵抗するものだけが傷つけられ、その他の兵は、数カ所に押し詰められて座らされた。兄磯城は追いつめられて討ち取られた。

降伏した弟磯城は、許されて、敗残兵をまとめるように要請された。敗残兵は大小の傷を負った者を含め、約千七百名だった。

若御毛沼尊は、降伏した者全てを許し、弟磯城に後をゆだねることにした。

また、ここでもかなりの量の矢が補充できた。

遠征軍は、磐余に進出し、数日間たむろして兵を休ませた。

九、「鳶王国」主力との戦い

「鳶王朝」も太平が永く続いていた為、政権に緩みが出ており、タガが外れていたようである。遠征軍が奈良盆地に入って、ゆっくりと北上するにつれて、那賀須泥毘古を見限る豪族が増え、遠征軍に参加する者が後を絶たなかった。

遠征軍が、兄磯城のような大豪族にも圧勝したため、これは強い軍勢が来たと認識したのであろう。

こういう情報（噂）は、風のように伝わるものである。

遂に、目標の登美能那賀須泥毘古《とみのながすねひこ》の本拠に接近する頃には、兵力はほぼ五千五百名を数えるまでになった。

ただし、人数ばかり多くても寄せ集めの軍勢であるだけに、信頼性に欠けていたことは間違いない。

那賀須泥毘古の本拠である鳥見《とみ》（奈良市鳥見《とりみ》町）に迫ったとき、一時進軍を止め、軍勢の再編成を行った。

前方には、信頼できる直属の兵千五百を配置し、その後方に新規加入の豪族軍を置き、両翼に直属の兵五百ずつと弟宇迦斯や井氷鹿・石押分等の兵を縦長に置いて監視させた。


十二月、登美能那賀須泥毘古《とみのながすねひこ》は、約六千名の兵を集めて対峙した。

両軍相対し、戦端が開かれた。

若御毛沼尊は、新規加入組を弓隊として活用した。豊富な矢を惜しげもなく与え、これらを順繰りに先頭近くに押しだし、矢が無くなるまで射ち込ませ、次の隊と交代させた。

飛び交う矢は、空に充満し、日の光を遮るほどであったが、若御毛沼尊の見込み通り、矢戦では、相手を圧倒した。

那賀須泥毘古軍は、堪らず、後退に後退を重ねた。

勝負あったかと思った時、猛烈な寒波が襲来し、突然氷雨が降り始めてずぶ濡れになり、両軍ともに凍えて動きが鈍くなり、戦線は膠着してしまった。

両軍睨み合ったまま、焚き火をして暖を取る始末であった。

その時、鳶王国の有力な一豪族（那賀須泥毘古の一族）が、遠征軍の陣営に参上して遠征軍に加わりたいと申し出た。

（金色の鳶が若御毛沼尊の弓の先端部分に留まった、と表現されている）

この豪族は、何を思ったか、遠征軍の兵をかき分けて中央最前線に陣取り、那賀須泥毘古の軍に対峙した。

大王の一族が相手に味方するなど、あまりの事に、那賀須泥毘古の兵はびっくり仰天し、怯え惑い、多くの兵が逃げ出した。

こうなると、戦況は一気に遠征軍側に有利な展開となり、遠征軍は勢いづき、寒さもものかは、押しに押した。

新規加入組も先を争って前へ前へと押し出してきた。

若御毛沼尊は、この段階になると、新規加入組が裏切る可能性もなくなったので、自由にさせていた。

十、那賀須泥毘古大王の崩御

那賀須泥毘古は、堪らず、休戦を望み、軍使として、櫛玉饒速日命《くしたまにぎはやひのみこと》を送ってきた。この人物は、「九州王朝」傘下の豪族の出身で、早くから「鳶王朝」に入り込み、那賀須泥毘古の妹を妻にしているほどの、かなりの実力者であった。

休戦交渉は、三日にわたって行われた。

その間、両軍は対峙したまま、盛大な焚き火によって暖を取っていた。

那賀須泥毘古は、遠征軍が「九州王朝」の意向を承けて来襲したことが信じられず、証拠の品を見せろと要求した。

証拠の品（天羽羽矢《あまのははや》及び歩靫《かちゆき》）は、櫛玉饒速日命の所持品と同じ物で、倭国の産物であることが確認されたが、那賀須泥毘古はなおも納得しない。

櫛玉饒速日命は、軍使として何回も両軍の間を往復したが、そのうちに、若御毛沼尊の人柄に惚れ込んでしまった。

反面、那賀須泥毘古の猜疑心の強さに辟易し、日頃の言動も含めて、将器としての将来性について失望してしまった。

どうも、那賀須泥毘古は、鳶王朝の歴代大王の中でも、二流の人物であったようである。

遂に、櫛玉饒速日命は、熟慮の末、那賀須泥毘古を刺殺してしまった。「鳶王朝」の大王の呆気ない死であった。大王の死に伴い、鳶王国軍は求心力を失い、二日後には、近衛兵を除いて雲散霧消してしまった。

十一、戦後処理

紀元前三十六年、若御毛沼尊には、戦後処理という問題が控えていた。先ず、民生を安定させねばならない。とりあえず、この戦で味方になってくれた奈良盆地の諸豪族の本領を安堵し、帰郷させた。

次いで、弟宇迦斯や弟磯城の手下達を案内人として活用し、地域の豪族達の説得に当たるのだが、地域が広すぎて、容易には事が運ばなかった。

特に、波多丘岬《はたのおかさき》（唐招提寺西方）の新城戸畔《にいきとべ》、和珥《わに》（天理市和邇町）の居勢祝《こせのはふり》、長柄丘岬《ながらのおかさき》（御所市名柄）の猪祝《いのはふり》という豪族達が反抗妨害するので、軍勢を差し向けて順に征伐した。これだけでも半年を要した。

しかし、若御毛沼尊には強みがあった。大きな常備軍を持っていたことである。

那賀須泥毘古は勿論、大豪族も「近習」と呼ばれる小規模の常備兵を持ってはいた。ところが当時の「軍兵」というものは、招集された豪族（将）に率いられた農民兵であり、戦が終わると豪族も兵も、さっさと郷里に帰って農民に戻ってしまうのであった。また、豪族の勢力の大小によって兵の数に差があり（二百～八百）、総大将としてはまことに使いにくかった。

ところが、若御毛沼尊が率いてきた兵達は、日向国及び吉備国で募集に応じて集まった志願兵ばかりであり、海難事故や度重なる戦によって若干の目減りはあるにしても、いわば、二千五百名に近い常備軍を抱えているので、戦が終わったら雲散霧消することはない。各部隊の人数も、戦いやすい人数に編成してあり、数度の戦いで、将や小頭の選定も終わっているので、まことに使い勝手が宜しい。

鳶王国の地域において、これに匹敵する常備軍はなく、時の経過とともに、奈良盆地から始めて、河内・和泉へと席巻していった。

十二、奈良盆地の一角に本拠を選定

紀元前三十五年三月、橿原（奈良県橿原市）に、本拠を構えることを宣言した。

これにより、政庁としての諸施設が、橿原を中心に建ち並ぶことになった。

九月、正妃として、姫蹈鞴五十鈴媛命《ひめたたらいすずひめのみこと》を迎えた。

この女性は、元をたどれば、葦原王国の八重事代主尊の子孫であった。


紀元前三十四年正月、若御毛沼尊は、新たに「神倭伊波禮毘古《かむいいはれひこ》尊」と名乗った。

神倭《かむい》＝地方における倭《い》、伊波禮《いはれ》＝磐余《いはれ》（地名）、毘古＝日子という意味で、あくまでも、宗家の倭国《いこく》を尊重した名乗りである（「諡号」ではなく自ら名乗った）。

（日本書紀では、「神日本磐余彦火火出見《かむやまといはれひこほほでみ》尊」と書かれている。これは諡号である）


記紀では、大和王朝の初代天皇として即位したことになっているが、若御毛沼尊は、この時点では、倭国の代官として、奈良盆地、紀伊半島、河内、和泉を制し、倭の植民地を作り上げたに過ぎない。


「天皇」という尊称は、記紀編纂の時代には、当たり前の尊称としていた為、文中では神武天皇の時から使用しているが、古事記によれば、実際の「尊称」として用いられたのは第十二代景行天皇が初めてである。しかも、和風の諡号の末尾に付け加えられているだけである。以後の天皇についても同様である。

これは、景行天皇の皇子、日本建《やまとたける》尊が熊襲王兄弟を暗殺した際、九州王朝では大王のことを天皇と呼称しているという知識を得たのでは無かろうか。

現代の我々になじみの深い諡号（神武、綏靖、安寧、……）は、恐らく推古天皇の御代に、初めて中国との国交を持った時以降、朝廷の官吏（当時の歴史学者）が考え出したのであろう。

第十七章　その後の推移　概況

一、その後の大和王朝

初代神武天皇以降、第九代開化天皇までの約二百五十年間には、婚姻政策等により、ようやく元の「鳶王朝」の統治地域を掌握できたようである。

即ち、大和、紀伊、河内、和泉、摂津、山背、近江、伊賀、伊勢。


二五二（第十代崇神天皇の十年）（西暦の年次は、二倍年歴により換算）

四道将軍というのを派遣したとされる。

ただ、この記事には政権拡張に関する具体的記述がない。

この四道将軍の派遣の目的は、奈良を中心とする地域に新しい政権が存在することを周知するための、一種の宣伝活動であったと思われる。

（近くの丹波以外では、どの豪族とも争いを起こしていない）

三四五（第十二代景行天皇の二十七年）
日本武尊を派遣して、熊襲王兄弟を討たせたが、これは純然たる「暗殺事件」であって、「熊襲征伐」とは違う。

三五一（景行天皇の四十年）

日本武尊を派遣して「蝦夷」を討伐させたとある。

これは記事に具体性があるが、十分な兵を与えられずに出発しているところを見れば、これも一種の宣伝活動と思われる。

結果として、尾張、参河、遠江、駿河、相模、上総、下総、常陸、武蔵、甲斐、美濃の豪族達との親交を結んだものと思われる。

古事記には、景行天皇に関する記事は、婚姻に関するものばかりで、二回に亘る日本武尊の派遣の他は、これと言った事跡はない。

日本書紀にのみ記してある熊襲討伐の記事は、伊邪那岐尊の事跡と断ずる他はない。

三九二（第十四代仲哀天皇の二年）
突如として、熊襲（倭《い》国）を討つために穴門（山口県下関市）に行ったとされるが、記紀を読む限り其の理由がはっきりしない。

この時期、九州王朝倭国は、高句麗による友邦百済侵略に苦慮し、高句麗を相手に、百済と共同して死闘を繰り広げていた。

そこで、「大和」に援兵を要求したのではないかと思う。

そうであれば、その後の「神功皇后」の新羅征伐とかいう記事も、俄然具体性を帯びてくる。

神功皇后が自ら武装して新羅へ渡ったか否かは別にして、倭国と大和は協力して、なんとか「新羅」や「百済」の領域を守りきったと言えるのである。

但し、新羅へ渡る以前に熊襲の羽白熊鷲を征伐したなどという記事は、日本書紀にしかなく、これは、伊邪那岐尊や伊邪那美尊の事跡としか思えない。

第十五代応神天皇から、第二十五代武烈天皇までの外交及び出兵等の記事は、地理的環境から見ても、即応性の点でも、全てが九州王朝（葦原王朝含む）の事跡と見られ、大和王朝の記事とは思えない。

五三一（第二十六代継体天皇の末年）

大和王朝は、突如として、「倭国」に対して侵略を始め、主として筑前及び筑後を席巻した。

大和王朝は、倭国王「磐井」を討ち死にさせたが、外交折衝で後れを取り、僅かな領土（糟屋の地、福岡市東方）を獲得するに止まり、めぼしい成果は挙げられなかった。

二、その後の九州王朝（倭国《いこく》）

五七　倭王、後漢に遣使。（後漢書）
（金印「漢委奴国王」を授与さる。福岡県志賀島で発見）

一〇七　倭王「帥升」、後漢に遣使。（後漢書）

二〇〇年頃　「……帯方郡鉄を出す。韓・濊・倭、皆従いて之を取る。」（魏志韓伝）

二三八〜二六六（二十九年間に亘る）
「卑彌呼《ひみこ》」、「壹與《いよ》」、魏・晋《しん》に遣使。（魏志倭人伝）
この間、卑彌呼、上表。（当然文字を駆使していた）

四世紀、中国では、五胡十六国の時代が始まる。

朝鮮半島に中国の勢力が居なくなった為、倭国及び高句麗は領地獲得の軍事行動を起こした。

三一三　高句麗は、楽浪・帯方二郡を滅ぼして併合してしまった。

三七二　倭王「旨《し》」が存在。（七枝刀の銘文に明記）
この世紀、倭・百済連合軍は高句麗に対し、百済の北方国境に於て、度々戦闘を交えるが、高句麗側が地の利を得ていて、倭は敗れることが多かった。（好太王碑文）

四二一～四七八（五十八年間に亘る）
倭王「讃」、「珍」、「済」、「興」、「武」、中国に遣使。

四七五　遂に、高句麗は大軍を発し、百済の王城を囲み、七昼夜に亘って攻め続け、国王・王妃・王子等全員を捕らえてしまった。
この時期、倭国では、直轄地「任那」の一国「伴跛《はへ》」が反乱を起こしてしまい、これの鎮圧と百済の救援に二十年以上もかかった。
（結果的に、伴跛は戦乱に便乗した新羅に併呑されてしまう）

五〇三　倭王「年《ねん》」が存在。（百済「島王」、倭王「年」の為に鏡を造らせ贈る）

五三一　倭国は、大和朝廷による侵略を受け、倭王「磐井《いわい》」は戦死してしまう。
王子「葛子《くずこ》」が、外交交渉をねばり強く行い、やっと講和が成立した。
（この前後から、「倭」の字は、「ワ」もしくは「ワィ」と読まれた）

六〇〇～六〇七
俀《たい》王「阿毎《あま》　多利思北孤《たりしほこ》」、隋に遣使。
その際、大和朝廷の小野妹子を随伴。（あとがき参照）

六〇八　隋、文林郎裴清《はいせい》を俀國及び大和に派遣。（隋書俀國伝）

六一〇　俀《たい》、隋に遣使。（隋書煬帝記）

六三一　倭《わ》、唐に遣使。唐、新州の刺史高表仁を答使とする。(旧唐書倭国伝)
六四八　倭《わ》、新羅に附し表を奉ず。直接は行っていない。(旧唐書倭国伝)
六五四　倭《わ》、琥珀・碼碯を献ず。(旧唐書倭国伝)
六五九　倭《わ》・大和の使者、唐において衝突し、両者幽閉さる。
六六一　倭・百済・大和は、唐・新羅軍に対し、連合を組んで対抗。
倭王「薩夜麻《さちやま》」は自ら兵を率いて出征。
大和の「斎明天皇」は九州に於て、後方支援。
六六二　倭・百済・大和連合軍は、「白村江」において大敗。
倭・百済・大和連合軍は、陸戦においても大敗。
倭王「薩夜麻」は捕虜になる。
百済滅亡。
六七〇　倭《わ》王、遣使、高麗を平ぐるを賀す。(倭国最後の貢献記事)(冊府元亀)

六七一　倭王「薩夜麻」、帰還。
薩夜麻が捕虜生活を送っていた間、留守を全うするだけの家臣と国力が残っておらず、倭国は、大和王朝に併呑されてしまった。（「九州王朝」の終焉）

七〇二　倭国、改めて、日本国と曰う。（則天武后）

三、その後の葦原王朝

葦原王国国王は、第十一代の阿遅鉏高日子根尊までしか記録されていない。第十二代以降については、記紀の記述からは消されてしまう。

しかし、「倭国」の重要な構成国としての「葦原王国」が継続的に存在した事は、八重事代主尊や大年尊以下の官僚の子孫の系譜が如実に示している。百年ほど後の若御毛沼尊（神武天皇）の正妃は、八重事代主尊の子孫として登場するくらいである。

「鳶王国」とは、その国が滅びる紀元前三十七年まで、友好関係が続いており、その国を滅ぼした若御毛沼尊とその後継者とも、付かず離れずの関係を保持していたようである。

葦原王朝が永く存続していた証拠がある。

第二十六代継体天皇が、物部《もののべの》麁《あら》鹿《か》火《ひ》を指名し、「倭《い》国」に侵攻することを命じた時、

「長門より東をば朕制《と》らむ。筑紫より西をば汝制《と》れ。」

と云っているのは、この時点まで、葦原王国の多くの領地には大和政権の影響が及んでいなかった証左と見ても良かろう。

あとがき

◆中国人が認識していた倭《い》人の國

中国古典の山海経に『蓋国《がいこく》は鉅燕《きょえん》の南、倭《い》の北に在り。倭《い》は燕《えん》に属す』とある。

燕は、紀元前七〇〇～前四〇〇年頃の、中国東北部の大国。

蓋《がい》国は鴨緑江《おうりょっこう》の南側で、今の北朝鮮に相当する地域に在った。

即ち、この書き方は、紀元前には、蓋国と倭《い》は国境が地上で接していて、倭《い》人の国が朝鮮半島南部を占有していた事を表す。

因みに、「倭」という字を「ワ」と発音するのは、唐代（六～七世紀）以降のことで、それ以前は「ヰ（イ）」と発音していた。

中国の史書において倭《い》人の国は、

夷《い》の一種族（紀元前十二世紀以降）

倭国《いこく》（紀元前二世紀以降）

邪馬壹国《やまいこく》（＝邪馬倭国《やまいこく》、三～四世紀）

邪馬臺国《やまたいこく》（＝邪馬大倭国《やまたいいこく》、五世紀）

俀国《たいこく》（＝大倭国《たいいこく》、六世紀）

倭国《わこく》（七世紀）
日本国《にっぽんこく》（七世紀以降）

等といろいろに呼ばれていたが、この倭人《い》の国は、少なくとも紀元前二世紀頃までは、朝鮮半島南部及び日本列島西部を領域としており、民族及び言語は異なってはいたが、中国から見れば、同じ倭人の国と認識されていたようである。

紀元前二世紀頃、日本列島上の「王朝」として初めて中国の歴史上に姿を現したのが、「九州王朝」であり、八世紀初頭に「大和王朝」に取って代わられるまで、連綿と継続した国家であった。

しかし、記紀には「九州王朝」あるいは「邪馬倭国《やまいこく》」などという名称は一切記述されていない。つまり、自らの傘下に入れてしまった「九州王朝」などは、記述の対象外にした為である。

「倭」字を、ヤマトと「読め」という注記は何処にあるのだろう。

日本書紀では「大和」或いは「日本」をヤマトと読んでいるのが多いが、これも注記無しである。誰がいつ頃始めたのだろう。誰か教えて欲しいものです。

◆二倍年歴という概念

歴年の計算には、二倍年歴という概念を導入した。

二倍年暦とは、例えば、神武天皇が百二十七歳まで生きたと記述されてあれば、実際はその半分の六十三〜六十四歳であったとする計算法であり、この方式によれば古代における歴代天皇の異常な長寿の謎が解けるであろう。

その根拠は、魏志倭人伝の注記にある。

「魏略《ぎりゃく》に曰く、其の俗、正歳四節《せいさいしせつ》を知らず、但、春耕秋収を計りて、年紀《ねんき》と為《な》す」

つまり、三世紀当時の倭人は、中国で通用している陰暦を知らず、春分・秋分の日を元旦として、一年を二歳に数えていたという事実である。

(どのようにして春分・秋分を知り得たかは、別に考察する必要が有ろう)

この二倍年暦は、第二十六代継体天皇まで続き、第二十七代安閑天皇からは現代と同じく一年を一歳に数えていた。

継体天皇の末年(五三一)、大和王朝は九州王朝を圧倒撃破したが、その際、九州王朝で使用されていた「陰暦」の知識を吸収し、新知識として採用したものと思われる。

「九州王朝」がいつ頃から「陰暦」を使い始めたのかは、霧の彼方の謎であるが、恐らく、卑弥呼の貢献以後、比較的早い時代であろう。

◆神功皇后の謎

古事記では、神功皇后の事績は、「新羅征伐」、「皇子の出産」、「皇子の異母兄弟の討伐」の三つしかなく、皇子が成人するまでの間、摂政として政務を執ったことなどは全く書かれていない。

一方、日本書紀では、六十九年間も摂政を務めたことになっていて、矛盾している。（魏志倭人伝の「卑弥呼」と同一人物にするための苦肉の策か）

皇后が崩御した後、皇子が即位したとすると、応神天皇は七十歳で即位したことになり、まことに不自然である。

（二倍年歴で云うと、約三十五年間摂政を務め、応神天皇は、三十六歳で即位したことになる）

仮に皇子（応神天皇）が五歳前後で即位したとしても不思議ではなく、それまでは、摂政としてよりも、母親として振る舞っていたと見る。

皇子が、〇～五歳の間、或いは成人に達するまでの政務は、有能な家臣（竹内宿禰）が補佐した筈である。

つまり、日本書紀に摂政として記されている年月の大部分（六十～六十四年）は架空のものと見て良かろう。

◆**神武天皇はいつ頃即位されたのか**

神武天皇の即位された年は、前述の安閑天皇の元年（西暦五三四年）を基準として、従来の一倍年暦で計算すれば一一九三年遡った西暦紀元前六六〇年になっていた。

しかし、神功皇后紀の内、実体のない約六十年を差し引けば、一一三三年さかのぼる西暦紀元前六〇〇年前後となろう。

二倍年暦では五六六～五六七年さかのぼった西暦紀元前三十四年前後になる。

記紀の編纂者達が、どのような資料を基にして神武以来の各天皇の在位期間を計算して記録したのか、今となってはうかがう術《すべ》も無いが、讖緯《しんい》説などによって在位期間を無理に引き延ばしたとは思えない。

ここは素直に二倍年暦があったとされる事実を認めて「神武天皇は、西暦紀元前三十四年前後に即位した」と考えては如何であろうか。

当時二十六歳前後であったので、その誕生は紀元前六〇年前後であろう。

また、日本書紀に記されている、継体天皇以前の歴代天皇の年齢及び在位期間は、半分にする必要があろう。

「神武、綏靖、安寧……」と続く歴代天皇の即位年を、二倍年暦で換算した西暦年号で列挙すれば次のようになる。

神武（前三四）、綏靖（六）、安寧（二三）、懿徳（四一）、孝昭（五九）、
孝安（一〇〇）、孝霊（一五一）、孝元（一八九）、開化（二一八）、崇神（二四八）、
垂仁（二八二）、景行（三三二）、成務（三六二）、仲哀（三九二）、神功（三九七）、

応神（四〇二）、仁徳（四二四）、履中（四六七）、反正（四七〇）、允恭（四七三）、安康（四九四）、雄略（四九六）、清寧（五〇七）、顕宗（五一〇）、仁賢（五一一）、武烈（五一七）、継体（五二二）、安閑（五三四）

◆大和朝廷は、いつから中国と国交を持ったか

「大和朝廷」が中国との直接交渉を持ったのは、西暦六〇七年に小野妹子を派遣したのが初めてであり、九州王朝「倭《い》国」の使者に随行していったものと思われる。

しかも、初めての異国の旅ゆえに、帰途、「隋の国書」を百済において何者かにかすめ取られるという失態を犯している。

とはいえ、小野妹子は傑出した人物であったようであり、隋の皇帝から中国人としての別名（蘇因高）を与えられるくらいに認められた。

これは従来「第一次遣唐使」と言われていたが、当時の中国は「隋」の時代であり、「遣唐使」と呼んでは語弊がある。

翌六〇八年、倭《い》国への答礼使者「隋の裴世清」は、第一目的地の倭《い》国での任務を終えた後、小野妹子に案内されて第二目的地の大和へ来るが、「大和王朝」がそれまで中国との国交が全くなかったことを象徴する如き記述がある。

隋の皇帝「煬帝」の言葉として、国書に次のように記されている。

「皇帝は倭皇に問う。使人の蘇因高（小野妹子）等が至りつぶさに聞いた。……日本の天皇は海表に介居（孤立）するを知る……。（この度）遠く朝貢を修めることを嘉《よみ》する。……」

（皇帝問倭皇、使人長吏大禮蘇因高等至具懷。朕欽承寶命、臨御区宇。思弘徳化、覃被含霊。愛育之情、無隔遐邇。知皇介居海表、撫寧民庶、境内安楽、風俗融和。深気至誠、遠脩朝貢。丹款之美、朕有嘉焉。稍喧、比如常也）

これに対し、推古天皇は、次のように上表している。

「東の天皇、恭しく西の皇帝に申し上げる。使者の鴻臚寺掌客の裴世清等が来られたので、久しき想いがたちまち解けました。……」

（東天皇敬白西皇帝、使人鴻臚寺掌客裴世清等至、久憶方解。季秋薄冷、尊何如。想清悆。此即如常。今遣大禮蘇因高・大禮乎那利等往、謹白不具）

◆古代の日本民族（縄文人・弥生人）は未開人だったのか

日本列島及び朝鮮半島に何時ごろから人類が住み始めたのかという問題は、考古学の分野に任せるとして、西暦紀元前二〇〇〇年以前から、中国の古代王朝と倭人《い》（夷人）の古代王国との交流が有った事は、中国最古の古典である「尚書巻一」や「論衡」に記述されている。

『島夷《い》、皮服す。（注に曰く、島に居す夷。島は是れ、海中の山）』（尚書巻一）

『周の時、天下太平。越裳《えつしょう》、白雉を獻じ、倭《い》人、鬯艸《ちょうそう》を貢す。』（論衡巻八）

『成王の時（前十一世紀）、越常《えつしょう》雉を献じ、倭《い》人暢《ちょう》を貢す』（論衡巻十九）
『古《いにしえ》より以来その使、中国に詣《いた》るに、皆自ら大夫《たいふ》と称す』（魏志倭人伝）
（古とは、中国古代王朝の夏《か》・殷《いん》・周《しゅう》あたりを指し、縄文時代に相当する）
倭《い》人の国が朝鮮半島及び日本列島上に版図を拡大した後も、連綿として中国と交流が絶えなかったことは、「山海経」、「漢書地理志」、「魏志韓伝」、「魏志倭人伝」、「後漢書倭伝」、「隋書俀国伝」、「旧唐書倭国日本国伝」等に明記されている。
（疑わしいと思われる方は、これらの書をご覧になればよろしい）

従来、日本民族（倭《い》民族）だけが知恵遅れで、全ての文明や技術が大陸から朝鮮半島を経由して伝わった、というような論調があるが、そのような訳があるはずはない。

考古学では、縄文時代というかなり永い期間（約八千年間）が示されている。

縄文人が後世に残した遺物は土器だけかもしれないが、腐敗・崩壊しないから残っただけであり、当時の人が、畑や水田を耕作し、矛や弓矢を作って狩りを行い、かなりの軽工業が行われ、糸を紡ぎ、機を織ることなどは当然行ったものと思われる。

また、朝鮮半島や日本列島の青銅器時代は、中国の青銅器時代（約二千年間）の影響を受けたためと言われているが、本当であろうか。

金・銅・錫・鉛などの加工しやすい鉱物は、その「塊《かたまり》」さえ発見されれば、すぐさま何らかの製品として利用され、更にその材料を求めて地面を掘り返すのが当然であろう。青銅のような合金にしても、偶然の産物だけではなく、古代人もそれなりに実験を繰り返して各種の合金を作り出していたと見て良い。

鉄のように精錬に高熱を必要とするものの利用は、かなり遅れたとは思うが、決して中国の鉄器時代になってから初めて影響を受けたわけではなさそうである。

ついでに云うと、従来の（自称）有名な歴史研究者は、古代の日本民族を小馬鹿にしている節がある。

例えば、魏志倭人伝の「貫頭衣之（頭を貫きてこれを衣《き》る）」である。「貫頭衣《かんとうい》」という言葉だけを一人歩きさせて、あたかも宮廷の貴婦人が頭陀袋《ずだぶくろ》をかぶっているような論調を蔓延させた。

絹、麻、綿等の布を織り、布を染色する技術を持つ民族が、裁縫という技術を持たないわけはなく、これなどは、美しく染色した布を体の前後に被せ、ヒラヒラさせるファッションと見るが如何に。

◆「小説」の形を採った理由

私は、かなり永い期間、我が国の歴史、特に古代史に興味を持って各種の書籍を渉猟してきたが、従来の歴史研究家の所見に、いつも違和感を持っていた。

一、なぜ、「大和王朝」しか認めないのか。
二、なぜ、九州に約八百年間に亘って永く続いた「九州王朝」を認めないのか。
三、なぜ、中国地方に確たる勢力を維持し続けた「葦原王朝」を認めないのか。
四、なぜ、我が国と、朝鮮半島南部が、一帯として「倭国」だったと認めないのか。
五、なぜ、「高天原」が、朝鮮半島上にあったという事実を認めないのか。

等々である。

従来の、皇国史観に凝り固まった方々や、単なる国学の書籍研究者や考古学のみに没頭している方々では、これらの疑問を解明することは困難であろう。

私は、歴代中国の歴史の文書の内、日本に関する部分を、古事記・日本書紀の記述に、組み合わせることにより、私なりの歴史認識を確立したつもりである。

日本書紀の編纂に当たって「九州王朝」の諸記録を活用（盗用）したとしか思えない記述が見出される。

勝者「大和王朝」の事跡として、尤もらしく記述されているが、つじつまが合わない部分も多分に見出される。だが、全く嘘ばかりとも言えず、真実に近づく鍵は、さりげなく残されている。

私は、行間に隠されたものを探り当てて歓喜し、更に想像の翼を大きく広げてこの小説を書き上げた。

異論のある方々は、どんどん反論していただいて結構である。

直接私の元へ信書を頂いてもいいし、書籍で反論していただいてもいいし、インターネットの「古代史コーナー」で呟いていただいても結構である。

◆感謝

この稿を書くに当たって、歴史研究家の古田武彦氏の多くの著述からかなりのヒントを引用させていただいたことを、感謝申し上げます。

補注

補注一　歴史としての価値について

古事記及び日本書紀（併せて「記紀」という）の神代編は、歴年が不明瞭である為、昔から歴史としての価値に疑念が持たれ、「神話」とさえ言われている。

特に古事記には、須佐之男尊《すさのを》の「八俣のオロチ退治」、大国主尊《おおくにぬし》の「稲羽の白兎」、などという説話が入っていて、現代の感覚から見ると歴史とは思えない部分が多い。

しかし、原文を、従来の読み方にこだわらずに解読していくと、単なる神話ではなく、古代日本の権力闘争の有様がおぼろげに表現されている。

全体のストーリーには変更を加えていないので、初めてこの種の文章を読む人にも理解出来るものと思う。

補注二　諡号について

諡号《しごう》（贈り名）とは、その人物の生前における功績を顕彰して、後継者もしくは後世の歴史家が付けた別名であって、その人物の生前はごく普通の本名（例えば猛彦・花姫等）を名乗っていた。

諡号の多くは、生前の功績をたたえた「美名」であるが、長髄彦（後述）のような「蔑称」もある。

本稿では、本名を見つけることなど無理な話なので、諡号をそのまま記述した事をお許し頂きたい。

補注三　年貢について

未だ貨幣経済以前のこの時代、経済は物々交換であり、「年貢」というのも、その地方の産物による物納であった。

各豪族が、領内の庶民から差し出された物品を取り纏めて分類し、その内のめぼしい品物を、更に上位の国王等に貢ぎ物として差し出すのが普通の状態であったであろう。

当時の経済活動は、各地で「市」が立ち、それぞれが持ち寄った品物の価値を口やかましく申し立て、双方の条件が合った場合に商売が成り立ったものである。

補注四　アマとクニについて

従来の古代史研究で分かりにくかった名詞に、アマ（天）とクニ（地）とがある。

アマとは、敬天思想を持つ大陸系のアマ族の居る国である。

具体的にはンマ（馬韓）、ミム（弁韓）及びシンル（辰韓）の総称であり、当初、その中心地はンマであったのでアマ（天）という名がつけられた。

決して、天空にあるという空想上の領域ではない。

特に太陽を敬ったので、「鮮《ひ》＝日《ひ》」という語音《ごいん》（字）を大切にした。


クニ（地）とは、山岳崇拝の思想を持つ民族の国の意味で、アマ以外の領域、即ち、日本列島上の諸国の事をいう。


大陸系の文化を得やすいアマ国は、永い間、クニ（地）より上位の国として立てられており、葦原王国の国王や貴族達は、アマ、特にンマ出身の人物で占められていた。

葦原王国第二代国王の時代、アマ国内は内乱によってかなり乱れていた。

そこで、アマ国王の要請により、葦原王国は兵を出し、見事に内乱を収束させた。

この為、この時期からアマ国は、葦原王国を上位の国として立てる事になった。

第二代国王の諡号（贈り名）が天之常立尊《あまのとこたち》というのは、アマの基礎を安定させたという意味を持つ。


因みに、高天原《たかあまはら》とは、かつて、天照大神（後述）が治めていたアマ氏族の国のことであり、大和朝廷にとっては、ギリシャ神話のオリンポス山に相当する聖地である。

しかし、大和朝廷において記紀を編纂していた時代には、朝鮮半島南部地域は、既に、大和朝廷とは無関係の他国になっている為、記紀ではアマもタカアマハラも、その国の場所を曖昧にして表現してある。

（古事記は西暦七一二年、日本書紀は西暦七二〇年に完成した）

ついでに言うと、古事記の冒頭に「天之御中主神《あまのみなかぬしのかみ》」が登場し、「天」の字を「アマ」と読め、以下同じ。とわざわざ注記してあるのに、後世の歴史家達は、こぞって「アメ」と読んでいるのは、どういう事であろうか。

補注五　携行する矢の数について

兵が携行する矢の数は、指揮者の判断によって携行定数以上に（二十～三十）持たせる場合が多々ある。

携行定数とは、歩靫《かちゆき》（背中に負う矢の入れ物）そのものの容量であり、十本程度であったようである。

補注六　神託について

古事記では、「ここに天神の命令により、フトマニにて占い、（それを解釈した長老が云うには）、女（葦原側）が言い募ってはいけない。次は、よく考えてものを言え。」と答えが出たという。

（爾天神之命以、布斗麻邇爾卜相而詔之、因女先言而不良、亦還降改言。）

神託というのは、神のお告げであり、絶対に守らなければ、とんでもない神罰が下されるものと信じられていた時代である。

神道の世界では、その方法として、①フトマニ、②ウケヒ、③フーチ、④神懸かり等、各種のものが言い伝えられて居るが、その実際の方法については、各人ごとに研究されたい。

補注七　撃破と殲滅について

ここで、戦術用語の撃破《げきは》と殲滅《せんめつ》について解説しておこう。

「撃破」とは、比較的短時間の内に損耗が二〇～三〇％に達し、痛手を受けた将や兵が戦意喪失し、兵は、負傷者の収容もままならず逃げ散ってしまうことが多い。

「殲滅」とは、逃げ散る余裕もなく損耗が五〇～八〇％に累積し、生き残った兵は通常捕虜になる（虐殺される場合もある）。

補注八　兵站の充実について

兵を如何に喰わせるかということは、古今東西を通じて各級指揮官の最大関心事であったであろう。これをなおざりにすると、飢えた兵は、住民から食料を強奪する暴徒と化し、戦後処理は困難となる。

この当たり前のことを有史前の伊邪那岐尊が実践したことの意義は大きい。

当時は米・麦・大豆・小豆等の穀物の他、各種の野菜・根菜も栽培されていたが、庶民の食物は、粟・稗《ひえ》・大豆等が主食であった。

米・麦・粟・稗等は、加工して、団子もしくは餅のようにして天日で干しあげた物が珍重された。これらは、そのままでも食べることが出来たが、水で戻し或いは再び蒸したり焼くことによって、一層美味となった。

勿論、加工前の穀物も大量に準備された。

補注九　景行天皇の九州遠征は事実か

日本書紀の編纂に当たっては、大和朝廷内の伝承だけでは資料として不足するため、早くから文字を駆使していた「九州王朝」（後述）の諸記録を活用していた形跡がある。

その際、本来伊邪那岐《いざなき》尊や伊邪那美《いざなみ》尊の事跡である筈の伝承を、何故か景行天皇や神功皇后の記事として取り上げている。

それらの記事は、本来書かれるべき伊邪那美尊や伊邪那岐尊の事跡として本章（第三章）及び第四、第五、第六章に編入した。

古事記に記されていない事象（事件）が、日本書紀のみに記されている場合、大和朝廷が本当に関与していたのか、一応疑ってみる必要があろう。

補注十　マヘツキミについて

日本書紀では、従来「群臣」のことを「マヘツキミ」と呼んでいるが、どこを探してもこれを裏付ける「群臣＝マヘツキミ」を証明する記述が見つからない。

補注十一　官僚の名称

記紀に於て、官僚の名称は「〜神」となっているが、元来は夫々の官職を守護する神の名称であって、その神の名を官職名として官僚の代名詞に記述したもので、西洋のゴッドとは異なる。

「相模守《さがみのかみ》」や「肥後守《ひごのかみ》」のカミと同様に考えればよかろう。

「神」という文字が、官僚の代名詞として記述してあっては、いかにも重々しいので、本稿では、「〜神」と記されているのを「〜尊」や「〜命」に置き換えて記す。

これらの官職に就いた官僚は、元々が臣下である為、中には本来「尊」や「命」という尊称も持たない者も居た。

守護神の名称が女性名であろうとも、実際の官僚が男性であることも多い。

古代日本から現代に至るまで、神道の世界では、「言霊《ことだま》」と言うことが言い伝えられている。

発音の一つ一つに意味が込められているという。

故に、本稿では、従来、歴史学者によっても解明出来なかった神々の名称等も、漢字から離れて一度カタカナに直し、コトダマ風に読み直し、更に、奈良・平安時代の用語の使用法なども参考にして、かなり強引な解釈を加えてある。

それでも解明できないものは、原文通り記述した。

内閣総理大臣　大事忍男《おほことおしお》尊。　大事を治める将軍の意味。
大蔵大臣（副総理大臣）　風木津別之忍男《かざもつわけのおしお》尊。　カズモチは勘定主計。
　　ワキのオスヲは副総理で将軍。
宮内大臣　大屋毘古《おおやひこ》尊。　ヤは政庁の建物。
司法大臣　大戸日別《おほとひわけ》尊。　大問い分けの意味である。
陸軍大臣　大山津見《おほやまつみ》尊。　本来は霊山鎮護。
　正副の国境画定長官　天之狭土《あまのさつち》命と国之狭土《くにのさつち》命。　サッチ＝国の区分け
正副の徴税長官　天之闇戸《あまのくらと》命と国之闇戸《くにのくらと》命。　クラト＝蔵人

諸国の霊山の管理者　山祇《やまつみ》。

海軍大臣　大綿津見尊《おほわたつみ》。　ワタ＝海

諸国の水軍　少童命《わたつみ》。

農業大臣（阿波国王兼務）大宜都比賣尊《おほげつひめ》（別名倉稲魂尊《うかのみたま》）。

諸国の農業関連管理者　保食命《うけもち》。　ケ＝ゲ＝ウカ＝ウケ＝食料の意

農業大臣が阿波国王を兼務しているのは、四国の占領に伴い、「鳶王国」との関係修復を急いだ為である。

造船大臣　鳥之石楠船尊《とりのいわくすふね》（別名天鳥船《あまのとりふね》）。

情報・通信大臣　志那都比古尊《しなつひこ》。　風の神。

正副の港湾鎮護大臣　速秋津日子尊《はやあきつひこ》及び速秋津比賣尊《はやあきつひめ》。

正副の河川管理長官　沫那芸命《あわなぎ》と沫那美命《あわなみ》。

正副の湖沼管理長官　頬那芸命《つらなぎ》と頬那美命《つらなみ》。

正副の用水長官　天之水分命《あまのみくまり》と国之水分命《くにのみくまり》。

正副の灌漑長官　天之久比奢母智命《あまのくひざもち》と国之久比奢母智命《くにのくひざもち》。

牧野管理大臣　鹿屋野比賣尊《かやのひめ》（別名野推尊《のつち》）。

正副の地域境界画定長官　天之狭霧命《あまのさぎり》と国之狭霧命《くにのさきり》。　サキリ＝土地の区分け

正副の戸籍長官　大戸惑子命《おほとまどひこ》と大戸惑女命《おほとまどひめ》。　トマド＝戸籍

諸国の牧野の管理者　野槌《のつち》。
森林管理大臣　久久能智《くくのち》尊。　木の神。
　諸国の森林の管理者　句句廼馳《くくのち》。
鉱石採掘大臣　石土毘古《いわつちひこ》尊。
砂金採掘大臣　石巣比賣《いわすひめ》尊。
金属鋳造大臣、将軍　天之吹男《あまのふきお》尊。
高熱製鋼冶金大臣　火之夜芸速男《ほのやぎはやを》尊。
　溶鉱炉管理長官　火之炫毘古《ほのかがひこ》命。
鍛造製剣長官　火之迦具土《ほのかぐつち》命。

補注十二　新たな官僚

正副の鉱山管理大臣　金山毘古《かなやまひこ》尊と金山毘賣《かなやまひめ》尊。
正副の土器・陶器生産管理大臣　波邇夜須毘古《はにやすひこ》尊と波邇夜須毘賣《はにやすひめ》尊。
環境・衛生大臣　彌都波能賣《みずはのめ》尊。　＝水場の女の意味。
第二代農業大臣　和久産巣日《わくむすひ》尊（別名天吉葛《あまのよさずら》）。
　なお、和久産巣日尊の王女豊宇気毘賣《とようけひめ》尊は、後にアマ国の農業大臣に就任する。

採掘製鋼鍛造大臣
露鉱採掘長官
岩磐鉱採掘長官
坑道鉱採掘長官、将軍
溶鉱炉管理長官
溶鉱樋管理長官
刀剣鍛造長官、将軍
刀剣焼入長官
刀剣研磨長官
　正鹿山鉱山管区管理者
淤縢山鉱山管区管理者
奥山鉱山管区管理者
闇山鉱山管区管理者
志芸山鉱山管理者
羽山鉱山管区管理者
原山鉱山管区管理者
戸山鉱山管区管理者

天之尾羽張《あまのほははり》尊（別名伊都之尾羽張《いつのほははり》尊）。
石拆《いはさく》尊。
根拆《ねさく》尊。
石筒之男《いはつつのを》尊。
甕速日《みかはやひ》尊。
樋速日《ひはやひ》尊。
建御雷之男《たけみかつちのを》尊（別名建布都《たけふつ》尊・豊布都《とよふつ》尊）。
闇於加美《くらおかみ》尊。
闇御津羽《くらみつは》尊。
正鹿山津見《まさかやまつみ》命。
淤縢山津見《おどやまつみ》命。
奥山津見《おくやまつみ》命。
闇山津見《くらやまつみ》命。
志芸山津見《しきやまつみ》命。
羽山津見《はやまつみ》命。
原山津見《はらやまつみ》命。
戸山津見《とやまつみ》命。

補注十三　撤退作戦参謀及び司令官等

殿軍《しんがり》隊長　衝立船戸《つきたつふなと》尊（別名来名戸祖《くなとのさへ》尊）。

情報参謀　道之長乳歯《みちのながちは》尊。　＝長距離の道路事情を検討。

作戦参謀　時量師《ときのはかし》尊。　＝作戦のタイミングを検討。

交通・輸送参謀　道股《ちまた》尊。　＝路を整える。

衛生参謀　和豆良比能宇斯能《わづらひのうしの》尊。　＝患い直し。

食糧調達参謀　飽咋之宇斯能《あきくひのうしの》尊。　＝飽き喰い。

撤退作戦軍総司令官　奥疎《おきさかる》尊。

撤退作戦陸軍司令官　奥津那芸佐毘古《おきつなぎさひこ》尊。

撤退作戦水軍司令官　奥津甲斐辨羅《おきつかひべら》尊。

本土防衛軍総司令官　邊疎《へさかる》尊。

本土防衛陸軍司令官　邊津那芸佐毘古《へつなぎさひこ》尊。

本土防衛水軍司令官　邊津甲斐辨羅《へつかひべら》尊。

補注十四　豊王国の官吏の選任

地方検察官　八十禍津日《やそまがつひ》尊。　＝多くの部族の禍問《まがと》いの意味。

中央検察庁長官　大禍津日《おほまがつひ》尊。

地方裁判所判事　神直毘《かむなおひ》尊。　カミ＝地方、ナオヒ＝審判
中央裁判所判事　大直毘《おほなおひ》尊。
最高裁判所判事　伊豆能賣《いつのめ》尊。　イツのメ＝厳の女＝神託による審判

最高裁判所で有罪の場合、その多くは流刑。
（因みに、後世の伊豆国《いづのくに》は、流刑地が固有名詞になった）

四国正面水軍司令官　底津綿津見《そこつわたつみ》尊。
葦原正面水軍司令官　中津綿津見《なかつわたつみ》尊。
アマ正面水軍司令官　上津綿津見《うわつわたつみ》尊。
四国正面陸軍司令官　底筒之男《そこつつのを》尊。
葦原正面陸軍司令官　中筒之男《なかつつのを》尊。
アマ正面陸軍司令官　上筒之男《うはつつのを》尊。

補注十五　ウケヒについて

ウケヒは、神託の一種であるとされているが、その細部のやり方については謎である。
神道の世界では、方法論が伝えられていると聞いたが、どうも神社の系統によって差異があるようにも聞いている。

補注十六　天孫に従った閣僚達

総理大臣　（常世思金《とこよのおもひかね》尊）。
大蔵大臣　（天手力男《あまのたちからのを》尊）。　タチカラ＝田税
戸籍大臣　（天石門別《あまのいはとわけ》尊、別名櫛石窗《くしいはまと》尊又は豊石窗《とよいはまと》尊）。　トワケ＝戸籍
農業大臣　（豊宇気毘賣《とようけひめ》尊）。　ウケ＝食料
宮内大臣　（天児屋《あまのこのや》尊）。
陸軍大臣　（布刀玉《ふとたま》尊）。　フツ＝刀剣
外務大臣　（天宇受賣《あまのうずめ》尊）。
研磨部長官　（伊斯許理度賣《いしこりどめ》命、別名石凝戸邊《いしこりとべ》・天糠戸《あまのあらと》者）。
玉作部長官　（玉祖《たまのや》命、別名を豊玉《とよたま》命・天明玉《あまのあかるたま》）。

補注十七　新王朝の首都

記紀では、天孫が降臨した場所は、「日向の高千穂峰」と記述され、天空から降りてくる場所としてはふさわしい表現ではあるが、アマ国から降臨するとなれば、やはり本稿に記したように、アマ～唐津～糸島半島と辿った場所の方がふさわしい。

新たに設営した「九州王朝」の首都は、現在の福岡市中央区・博多区・南区を含む地域と見られ、その地域の真ん中を流れる川を「那珂川（中川）」と名付けたと見える。

補注十八　蔑視された登美能那賀須泥毘古

登美能那賀須泥毘古《とみのながすねひこ》は、日本書紀では「長髄彦《ながすねひこ》」と書かれていて、臑《すね》が長い野蛮人のように表現され、永く歴史物語の中で、蔑視されてきていた。

本当の姿は「鳶王国」の大王である。トミ（鳥見）に本拠を置くナガスのミネ（根）の日子という意味の呼称である。

補注十九　尾生人とは

古事記で、「尾生る人《おあるひと》」と書いているのは、身体的特徴ではなく、「多くの配下を持つ豪族」の意味である。

また、別のところで書かれている「土蜘蛛《つちぐも》」というのも、本来は「土組《つちぐみ》」という郷土組織を持つ豪族のことである。

付録

現代語訳で読む
魏《ぎ》志《し》倭《い》人《じん》伝《でん》

魏志倭人伝《いじんでん》

三世紀に書かれたこの歴史書は、漢字一つ一つの「発音」は二十一世紀の今日、往時のものとはかなり異なっていると言われているが、漢字の「意味」は変わっていない。また、文法は全く変わってはいない。

これを従来の日本の国学者や歴史学者は「漢文読み」にしていたが、一挙に「中国語」を「現代日本語」に翻訳して再吟味してみるのも一興ではなかろうか。

倭人伝《いじんでん》（解説一）

倭《い》の民族は、帯方郡（今の北朝鮮の最南端）の東南の大海の中に在り、山や島に住んで国や邑《ゆう》（大きな村）を造っている。

以前は百余国から成っていた。漢の時代、（中国の）朝廷に参賀して皇帝に拝謁をした倭国の王の使者が居た。

現在（三世紀）において（中国の）使者が往来でき、言語が通じ、外交が出来る所は、三十カ国である。（解説二）

(倭人在帯方東南大海之中。依山島爲國邑。舊百餘國。漢時有朝見者。今使譯所通三十國)

帯方郡の郡都より倭《い》の都に至るには、先ず海岸線に沿って水上航行し、韓国内を通過するときには南に行ったかと思えば東に行き(ジグザグに通過)、倭国の北岸の狗邪韓国(伽耶《かや》)に到着した。

(その間の行程は)七千余里であった。(解説三)

(従郡至倭、循海岸水行、歴韓國乍南乍東、到其北岸狗邪韓國。七千餘里)

初めて一海を渡ったがその距離は千余里。対海国(対馬南島)に到着した。其の大官の官名を卑狗《ひく》(彦)と言い、副官の官名を卑奴母離《ひぬむり》(鄙守《ひなもり》、土着の首長)と言う。その島は大海の中の孤島で、一辺が約四百余里と見た。土地は山が険しく深い林が多く、道路はけもの道のようである。

千余戸が有るが、良田はなく、海の産物を食料として自活している。そのため船に乗って南北に交易(市糴《してき》)している。(解説四)

(始度一海、千餘里、至對海國。其大官曰卑狗、副曰卑奴母離。所居絶島、方可四百餘里。土地山険多深林、道路如禽鹿徑。有千餘戸、無良田、食海物自活。乗船南北市糴)

また南へ一海を渡ること千余里。この海を名づけて瀚海《かんかい》と言う。一大国（壱岐島）に到着した。

長官はまたもや卑狗と言い、副官を卑奴母離と言う。

その島の一辺は約三百里と見た。竹木の叢林《そうりん》が多く、三千ばかりの家が有る。やや田地は有るが、田を耕しても、なお食べるには足りない。

従って、ここでも、また、南北に交易している。（解説五）

（又南渡一海、千餘里、名曰瀚海、至一大國。官亦曰卑狗、副曰卑奴母離。方可三百里。多竹木叢林、有三千許家。差有田地、耕田猶不足食。亦南北市糴）


ふたたび一海を渡ること千余里で末盧国《まつろ》（佐賀県松浦郡）に到着した。

四千余戸が有り、浜と山と海に住み分けている。

草や木が繁茂し、歩いていても前の人が見えないくらいである。

好んで魚を捉え、水が深いところでも浅いところでも、皆潜ってこれらを採集する。

（又渡一海、千餘里、至末盧國。有四千餘戸。濱山海居。草木茂盛、行不見前人。好捕魚鰒、水無深淺、皆沈没之取）


東南方向に進みはじめて五百里ほど陸行して伊都国《いと》（糸島市）に到着した。

ここの長官を爾支《にし》と言い、副官を泄謨觚《せもこ》・柄渠觚《へいきょこ》と言う。

千余戸が有り、代々王が居る。この国は昔から女王国に統属《とうぞく》していた。

郡使が倭国を訪問するとき、常に駐在することが慣例になった国である。

(東南陸行五百里、到伊都國。官曰爾支、副曰泄謨觚、柄渠觚。有千餘戸。世有王、皆統屬女王國。郡使往來、常所駐)


東南方向に百里程の距離に奴国(福岡市早良《さわら》区南部)が有るという。

その長官を兕馬觚《じまこ》と言い、副官を卑奴母離と言う。二万余戸ほど有るという。

東の方向に百里も行くと不彌《ふうみ》国に到着した。

長官を多摸《たも》と言い、副官を卑奴母離と言う。千余家が有る。

南の方向に投馬《とうま》国(奄美か沖縄)が有るという。そこに行くには水上航行で二十日かかるという。

その長官を彌彌《みみ》と言い、副官を彌彌那利《みみなり》と言う。五万余戸程有るらしい。

南へ向かえば邪馬壹《やまい》国(ヤマタイではない)。女王の都する所である。

(これまでの旅の行程を帯方郡から数えれば)水上航行十日間、陸上行程一カ月である。(邪馬壹国の)長官は伊支馬《いしま》と言う。次の官を彌馬升《みましょう》と言い、次の官を彌馬獲支《みまかし》と言い、次の官を奴佳鞮《ぬかで》と言う。七万余戸有ると見た。(解説六)

（東南至奴國、百里。官曰兕馬觚、副曰卑奴母離。有二萬餘戸。東行至不彌國、百里。官曰多摸、副曰卑奴母離。有千餘家。南至投馬國。水行二十日。官曰彌彌、副曰彌彌那利、可五萬餘戸。南至邪馬壹國。女王之所都。水行十日、陸行一月。官有伊支馬、次曰彌馬升、次曰彌馬獲支、次曰奴佳鞮。可七萬餘戸）

女王国より以北については、その戸数やそこに至る道程は、略載《りゃくさい》する事が出来るが、その他の国々は遠く離れているので詳細は判らない。

（女王国に近い順に）斯馬国、已百支国、伊邪国、都支国、彌奴国、好古都国、不呼国、姐奴国、對蘇国、蘇奴国、呼邑国、華奴蘇奴国、鬼国、爲吾国、鬼奴国、邪馬国、躬臣国、巴利国、支惟国、烏奴国、奴国が有る。

ここが女王の勢力の及ぶ境界が尽きる所である。

その南に、狗奴《くぬ》国があり、男子を王としている。

その首長の名を狗古智卑狗《くこちひく》といい、女王国に属していない。

郡都から女王国に至るまでの距離は、一万二千余里（九百二十粁余り）であった。（解説七）

（自女王國以北、其戸數道里可得略載、其餘旁國遠絶、不可得詳。次有斯馬國、次有已百支國、次有伊邪國、次有都支國、次有彌奴國、次有好古都國、次有不呼國、次有姐奴國、次有對蘇國、次有蘇奴國、次有呼邑國、次有華奴蘇奴國、次有鬼國、次有爲吾國、次有鬼奴國、次有邪馬國、次有躬臣國、次有巴利國、次有支惟國、次有烏奴國、次有奴國。此女王境界所盡。其南有狗奴國、男子爲王、其官有狗古智卑狗、不屬女王。自郡至女王國、萬二千餘里）

男性は大小となく、みな顔にも身体にも入れ墨を入れている。いにしえから、倭国の使者が中国の朝廷に参上するときには、皆、自らを太夫（中国最古の王朝時代の家老職）と称していた。

夏の天子少康の王子が、会稽の地の領主に封ぜられた折、漁師には髪を短く切り、入れ墨をすることを教え、これによって蛟龍（鮫のことか）の害を避けることが出来たという。

今、倭の漁師は好んで水に潜り、魚や貝を捕るが、入れ墨は相変わらず大きな魚や海中に潜む獰猛な動物から身を守っているのであろうか。

時代は下がって、これらの入れ墨は飾りとしての役割を持つようにもなった。

諸国の入れ墨はそれぞれ異なり、或いは左に、或いは右に、或いは大に、或いは小に染め分けていて、しかも、尊卑に差が有る。

倭国への道程を計算すれば、まさに、會稽において東部の地を善政をもって治めたといわれる地域の東に当たる。（解説八）

（男子無大小、皆鯨面文身。自古以來、其使詣中國、皆自稱大夫。夏后少康之子、封於會稽、斷髪文身、以避蛟龍之害。今倭水人、好沈没捕魚蛤。文身亦以厭大魚水禽。後稍以爲飾。諸國

文身各異、或左或右或大或小、尊卑有差。計其道里、當在會稽東冶之東)

その風俗は決して卑しくはない。

男子は皆髪をミズラに結い、木綿の布をもって頭を飾り、その衣服は横に広く、ただ結び合わせて身につけており、ほぼ縫うことはしていない。

婦人は髪をマゲに結い、衣を作るにあたかも一枚の布のようで、中央に穴をあけてそこから頭を出して身につけているように見える。

稲・麻を植え、蚕の繭を紡ぎ、麻布・絹・綿を産出する。

倭国には牛・馬・虎・豹・羊・鵲は居ない。

武器としては矛・盾・木弓を用いている。木弓は下を短く上を長くし、竹の矢には鉄の鏃《やじり》あるいは骨の鏃を用いている。

その地の産物は、儋耳(台湾)及び朱崖(海南島)の物と似通っている。(解説九)

(其風俗不淫。男子皆露紒、以木緜招頭、其衣横幅、但結束相連、略無縫。婦人被髪屈紒、作衣如単被、穿其中央、貫頭衣之。種禾稲紵麻、蠶桑緝績、出細紵縑緜。其地無牛馬虎豹羊鵲。兵用矛盾木弓。木弓短下長上、竹箭或鐵鏃或骨鏃。所有無與儋耳朱崖同)

倭の土地は気侯温暖であって、冬でも夏でも野菜を産出してこれを食べることが出来、皆

（足袋や靴下をはかず）裸足で生活している。

家には部屋が多数有り、父母兄弟はそれぞれ別の部屋で過ごしている。

朱丹を用いてその身体に塗り化粧するが、丁度中国で粉を用いるようなものである。

飲食には高坏を用いているが、箸は使わず、手で摘んで食べている。

（倭地温暖、冬夏食生菜、皆徒跣。有屋室、父母兄弟臥息異處。以朱丹塗其身體、如中國用粉也。食飲用籩豆、手食）


人が死ぬと、死体を棺に収めるが、墓に槨（石等で作る土中の隔壁）は無く、土に直接埋めて塚を作っている。

死者が出ると、十数日間、喪に服する。喪中は肉類を食べず、喪主は嘆いて泣き通す習慣のようだが、その他の者は集って、歌い踊り、酒を飲む。

葬儀が一通り終わると、一家総出で川に行き、ミソギをする。その様子は水遊びのようである。

（其死、有棺無槨、封土作冢。始死、停喪十餘日。當時不食肉、喪主哭泣、他人就歌舞飲酒。已葬、擧家詣水中澡浴、以如練沐。）


海を渡って中国に来る時には、常に一人を選んで、その者には髪を梳かさせず蚤や虱がわいても取り除かせず、衣服は垢で汚れたままで、肉を食べさせず、女性を近づけず、まるで死んでしまった人のように扱う。これを持衰《じさい》と名付ける。もし、航海が旨くいけば、その持衰に奴隷や財物を与えて感謝し、もてなすが、もし疾病が発生したり暴風に遭ったりすると、この持衰を殺してしまう。その持衰が身を慎まなかったからだというのが、その理由である。

（其行來渡海詣中國、恒使一人、不梳頭、不去蟣蝨、衣服垢汚、不食肉、不近婦人、如喪人、名之爲持衰。若行者吉善、共顧其生口財物。若有疾病遭暴害、便欲殺之。謂其持衰不謹）

真珠や青玉を産出する。山には丹（べにがら）が有る。生えている樹木は、柟・杼・豫樟・楺・櫪・投・橿・烏號・楓香、竹の類には篠・簳・桃支が有る。

薑・橘・椒・蘘荷が有るが、それを薬味にして食物に味付けをすることは知らないようである。

猿と黒雉がいる。

（出真珠青玉。其山有丹。其木有柟杼豫樟楺櫪投橿烏號楓香、其竹篠簳桃支。有薑橘椒蘘荷、不知以爲滋味。有獮猴黒雉。）

民衆は、大切な行事をするとき、意見を出し合った後、骨を焼いて吉凶を占う。先ず占う内容を宣告するが、その言い方は、丁度中国で行う令亀法のようだ。骨を焼いたひび割れの様子を見て吉凶を判断する。

集って座談をする様子を見るに、親子や男女の区別はないようであり、彼らは皆酒を好むようである。

（其俗擧事行來、有所云爲、輒灼骨而卜、以占吉凶。先告所卜、其辞如令亀法、視火拆占兆。其會同坐起、父子男女無別。人性嗜酒。）

魏略によれば、倭人は、「正歳四節」という暦の体系を知らず、春分と秋分を知って、それを元旦とすると言う。（解説十）

（魏略曰、其俗不知正歳四節、但計春耕秋収、爲年紀。）

身分の高い人を敬う姿を見てみると、ただ、柏手を打つ事により、中国の跪拝に相当する。

倭人は長生きの人が多く、或は百歳、或は八、九十歳。

一般に、身分ある人は皆四、五人の妻を持ち、身分低くてもあるいは二、三人の妻を持っている者もいる。

女性は、浮気をせず、焼餅も焼かない。泥棒はいないし、訴訟沙汰も少ない。

もし法を犯す者がいれば、軽いもので、妻子を没収して奴卑にし、重罪を犯せば、一族縁者悉くを奴卑に墜す。

身分の軽重により自ずから差と序列が決まっていて、お互いに犯すことがない。

租税を収める大きな建物がある。

それぞれの国に市が立って、各種の品物を交易しており、使大倭と称する官吏が、これを監督している。（解説十一）

（見大人所敬、但搏手、以當脆拜。其人壽考。或百年、或八九十年。其俗、國大人皆四五婦、下戸或二三婦。婦人不淫、不妬忌。不盗竊、少諍訟。其犯法、軽者没其妻子、重者没其門戸及宗族。尊卑各有差序、足相臣服。収租賦、有邸閣。國國有市、交易有無、使大倭、監之。）

女王国より北の国（狗邪韓国を含む）には、特に一大率（武装軍団）を置いて、睨みを利かせているので、諸国はこれを恐れ憚っている。

この軍団は、伊都国に常駐している。

国の中には、中国の刺史のような官吏がいて、王が、京都（洛陽）や帯方郡・諸韓国に使者を送りだし、及び、帯方郡の使者が倭《い》国に到着したときに、皆、港において、接待するとともに、文書を伝送したり、下賜される品物を女王に届ける度に、間違いが起こらないようにしている。

（自女王國以北、特置一大率、検察。諸國畏憚之。常治伊都國。於國中有如刺史。王遣使、詣京都帯方郡諸韓國、及郡使倭國、皆臨津捜露。傳送文書、賜遣之物、詣女王、不得差錯。）

庶民が身分ある者と道路で行きあえば、後ずさりして路傍に避け、何事かを申し上げる際には、或いはうずくまり、或いはひざまずき、両手を地につき、これを以て恭敬の礼儀とする。返事をするときは、「アイ」と言う。分かりましたと言っているようである。

（下戸與大人相逢道路、逡巡入草、傳辭説事、或蹲或跪、兩手據地、爲之恭敬。對應聲、曰噫、比如然諾）

その国は、元は男子の王であったが、即位以来七、八十年にして倭国は乱れ、お互いに攻め合うこと数年間に亘った。

そこで、当事者たちが、一人の女子を共立して王とした。

この女王の名前を卑彌呼《ひみこ》と言う。神懸かりの巫女としての高い能力を持ち、年齢はすでに適齢期を超えているのに夫婿がない。

弟が居て、副王として国政を助けている。

女王となって以来、女王の姿を見た人は少なく、婢千人が自ら奉仕している。

ただ一人の男子が信任され、飲食を勧め、女王に進言し、或は女王の言葉を伝えるため、女王の居室に出入りを許されている。

宮室・楼観・城柵を厳かに設け、常に警護の人が周囲におり、武器を持って守衛している。

(解説十二)

(其國本亦以男子爲王、住七八十年、倭國亂、相攻伐歴年。乃共立一女子爲王。名曰卑彌呼。事鬼道、能惑衆。年已長大、無夫婿。有男弟、佐治國。自爲王以來、少有見者、以婢千人自侍。唯有男子一人、給飲食、傳辭、出入居處。宮室樓觀城柵嚴設、常有人、持兵守衛)

女王国の東に海を渡ること千余里(約八十粁)で、また、国がある。皆倭人種である。また、その南には小人の国があって、身長は三、四尺である。女王国から四千余里ほど離れている。

また、更にその東南方向に、裸国・黒歯国があって、船で行くこと一年で行き着くという。

(解説十三)

(女王國東、渡海千餘里、復有國、皆倭種。又有侏儒國、在其南、人長三四尺、去女王四千餘里。又有裸國黒齒國、復在其東南船行一年可至。)

倭地(邪馬壱国に統属する国々)について問えば、この国々は、海中の島の上に存在し、或いは離れ、或いは連なっており、その巡る範囲は五千余里(およそ四百粁)であろうか。(解説十四)

（參問倭地、絶在海中洲島之上、或絶、或連、周旋可五千餘里）

景初二（二三八）年六月、倭《い》の女王は、大夫難升米等を派遣して帯方郡に至り、天子の元に参賀して朝貢したい、と希望してきた。

そこで、帯方郡の太守の劉夏は、官吏を同行させ、倭の使者達を京都（洛陽）に送って行かせた。

その年の十二月、天子は詔書して倭の女王に報せて曰く、

「親魏倭王としての卑彌呼に詔を下す。

帯方の太守劉夏が官吏を副《そ》えて、汝の大夫難升米、次使都市牛利を送って寄こし、汝の献納したところの男の奴卑四人・女の奴卑六人、班布二匹二丈を奉げ持ち、都に到着した。

汝の居る所は、はなはだ遠いのに、使者を派遣して貢物を届けてきた。これは汝の忠義と孝心であり、我は極めて汝を大切に思う。

今、汝に親魏倭王《しんぎいおう》という正式官名を与える。金印紫綬《しじゅ》を与えることにし、梱包密封して帯方太守を通じて届けさせる。汝はその人民をよく治め、中国の天子に対し忠孝に励め。

汝が派遣した使者の難升米と牛利は、遠路はるばると苦労してここに到着した。今、難升米を率善中郎将に任命し、牛利を率善校尉に任命し、銀印青綬を与え、自ら面接して労りの言葉を掛け、帰国させる。

今、絳地交龍錦五匹、絳地縐粟罽十張、蒨絳五十匹、紺青五十匹をもって、汝が献納した貢物の答礼とする。

また、特に、汝には、紺地句文錦三匹、細班華罽五張、白絹五十匹、金八兩、五尺刀二口、銅鏡百枚、真珠鉛丹各五十斤を与えることにし、みな梱包密封して難升米・牛利に持ち帰らせる。

使者が帰り着いたならば、記録受領し、これら全てを汝の国中の人民に示し、國家が汝を大切に思っていることを知らせよ。

よって、鄭重に汝に好《よ》き物を与えるものである。」（解説十五）

（景初二年六月、倭女王、遣大夫難升米等、詣郡、求詣天子朝獻。太守劉夏、遣吏將送詣京都。其年十二月、詔書、報倭女王曰、制詔親魏倭王卑彌呼、帯方太守劉夏、遣使送汝大夫難升米、次使都市牛利、奉汝所獻、男生口四人、女生口六人、班布二匹二丈、以到。汝所在・遠、乃遣使貢献、是汝之忠孝、我甚哀汝。今以汝爲親魏倭王、假金印紫綬、裝封、付帯方太守、假授。汝其綏撫種人、勉爲孝順。汝來使難升米牛利、渉遠道路勤勞、今以難升米、為率善中郎將、牛利爲率善校尉、假銀印青綬、引見勞賜、遣還。今以絳地交龍錦五匹、絳地縐粟罽十張、蒨絳五十匹、紺青五十匹、答汝所獻貢直。又特賜汝、紺地句文錦三匹、細班華罽五張、白絹五十匹、金八兩、五尺刀二口、銅鏡百枚、真珠鉛丹各五十斤、皆裝封、付難升米牛利。還到、録受、悉可以示汝國中人、使知國家哀汝。故鄭重賜汝好物也）

正始元（二四〇）年、帯方郡の太守弓遵は、建中校尉の梯儁等を派遣し、詔書・印綬を奉じて倭国に至り倭の女王に拝謁させ、詔書をもたらし、金帛・錦罽・刀・鏡・采物を下賜した。倭の女王は、使者を派遣して、上表し、詔恩を答謝した。（解説十六）
（正始元年、太守弓遵、遣建中校尉梯儁等、奉詔書印綬、詣倭國、拝假倭王、并齎詔賜金帛錦罽刀鏡采物。倭王因使、上表答謝詔恩。）

正始四（二四三）年、倭の女王は、再び大夫の伊聲耆・掖邪狗等八人を派遣し、生口・倭錦・絳青縑・緜衣・帛布・丹・木拊・短弓矢を上献させた。

天子は、掖邪狗等に、率善中郎将の称号を許し、印綬を下賜した。

正始六（二四五）年、詔して、倭の難升米に黄幢《こうとう》（天子直属の臣の印）を下賜することにし、帯方郡太守を通じて授けた。

（其四年、倭王、復遣使大夫伊聲耆掖邪狗等八人、上獻生口倭錦絳青縑緜衣帛布丹木拊短弓矢。掖邪狗等、壹拝率善中郎将印綬。其六年、詔賜倭難升米黄幢、付郡假綬。）


正始八（二四七）年、帯方郡太守の王頎が、朝廷に参上して報告するには、「倭の女王卑彌呼は、狗奴國（熊襲）の男王卑彌弓呼と元々不和であり、倭載斯の烏越等を派遣して郡都に至り、互いに攻撃し合う状況を説明してきた」という。

そこで、朝廷は、塞曹掾史の張政等を派遣して、詔書・黄幢をもたらし、難升米に会って告文を示し、善処するように伝えさせた。
(其八年。太守王頎、到官。倭女王卑彌呼、與狗奴國男王卑彌弓呼、素不和。遣倭載斯烏越等、詣郡、説相攻撃状。遣塞曹掾史張政等、因齎詔書黄幢、拝假難升米、爲檄、告喩之)

卑彌呼が死んだので、倭国は大いなる冢《ちょう》(墳墓)を作った。その直径は百余歩《ぶ》(二十六米前後)。殉葬《じゅんそう》する者としては、奴婢百余人に及んだ。更に、男王を立てたが、国中の者はこれに従わず、再び互いに殺し合い、死者は当時で千余人に達した。
そこで、再び、卑彌呼の宗女壹與《いよ》、年十三歳を立て、女王としたところ、国中は遂に治まった。(解説十七)
(卑彌呼、以死、大作冢、徑百餘歩、殉葬者奴婢百餘人。更立男王、國中不服、更相誅殺、當時殺千餘人。復立、卑彌呼宗女壹與、年十三、爲王。國中遂定)

塞曹掾史の張政等は、告文を示し、壹與に今後の事について、指導(アドバイス)した(二六五年か)。
そこで、壹與は、倭の大夫、率善中郎将掖邪狗等二十人を派遣して、張政等が中国に帰るのを送らせた。

その足で、臺《たい》（中国の朝廷）に参賀し、男女生口三十人・白珠五千孔・青大句珠二枚・異文雑錦二十匹を献上した。（二六六年）（解説十八）

（政等、以檄告喩壹與。壹與、遣倭大夫率善中郎将掖邪狗等二十人、送政等還。因詣臺、獻上男女生口三十人、貢白珠五千孔、青大句珠二枚、異文雑錦二十匹）

解説

解説一

おおかたの歴史書は、これをワジンデンと読む。しかし三世紀当時の発音では、「倭」という字は、「ヰ」若しくは「イ」と言うのが正しい。

解説二

「漢の時代の朝見者」とは、西暦五十七年に朝貢して金印（漢委奴国王）を授与された王（王名不詳）及び西暦一〇七年に朝貢した「帥升」と称する王である。

以前の百余国が三十国になったのは、その昔、天照大神の孫（天孫）が大国主神から譲り受けた百余国のうち、中国地方や北陸・四国に威令が届かなくなり、直接統治する地域が九州島北部の四分の三と周辺の島々のみになったのではなかろうか。

解説三

「魏志」が編纂された当時、その一里は七十六・六メートルである（証明資料あり）。

つまり、千里というのは、たかが七十六・六粁である。

「七千余里」というのは、七千里（約五百三十四粁）よりちょっとだけ多いという意味であり、五百四十～五百七十粁ぐらいと考えて良かろう。

解説四

千余里は、海上航行時間を距離に換算したものであり直線距離ではない。

解説五

「瀚海」は、荒々しい海という意味で、対馬海峡の東水道に付けられた中国古名で、今、「玄《げん》界灘《かいなだ》」にその痕跡（語源）を見る。

解説六

郡都から邪馬壹国までの行程を総括すると次のようになるであろう。

帯方郡都の南方の良港から牙山あたりまで水行、釜山方向に韓国内をジグザグに縦断、狗邪韓国（伽耶）に到着。この間（水行千五百里、陸行五千五百里）計七千余里。

釜山あたりで乗船し、対馬南島では上陸して島を半周し、次に壱岐島でも島を半周し、最後に松浦半島の唐津付近に上陸した。この間（水行は三千里。陸行千四百里）計四千四百里。

末盧国から五百里で伊都国に到着。ここで郊迎の礼を受けた後、東へ百里で不彌国に到着、南面すれば、そこは邪馬壹国の都の玄関口である。この間陸行のみで六百里。

これを合計すれば、郡都から倭都まで、水行で十日（四千五百里）、陸行で三十日（七千五百里）、計一万二千里を要したということである（水行は一日に四百五十里、陸行は一日に二百五十里）。

邪馬壹国の首都そのものも、戸数七万余戸とあるからには、かなり広い地域の筈であり、その中央を流れているのが那珂川（中川）であろう。現在の福岡市中央区・博多区・南区を含む地域と見て間違いなさそうである。

解説七

「その他の国々」とは、倭国が申告した国名であり、当然和文読みを漢字に当てはめて記述してあるのだが、当時の漢字の発音が正確に分からない限り、現存の九州の地名に比定することが困難である。

狗奴国は、女王の境界尽きる所（奴国）の南にあるというのだが、この当時、邪馬壱国とまともに国境紛争をするだけの人口と武力を持った陸続きの南方の国と言えば、隼人を擁した熊襲の国しか無いであろう。

解説八

夏朝、第六代天子少康の王子が、会稽郡の太守となり、善政を施し民を徳化した。その時の一例として漁民に断髪文身をさせたことを挙げ、倭人もこの徳化に浴したのであろうか、と陳壽は記述しているのである。

「会稽東治《とうち》」とは、まさにこのことであり、女王国はその昔の会稽郡（遼東半島含む）の東に在ると述べているのである。

五世紀に後漢書を編纂した范曄は、三国志を誤読して「会稽東冶《とうや》（五世紀当時の会稽郡東冶県・台湾島西側）」としたため、日本列島の位置が台湾島付近にまで南下するという珍妙なことになってしまった。

解説九

従来の歴史書は、この一節の文章をもって、「貫頭衣」などという熟語を作り、まるで頭陀《ずだ》袋《ぶくろ》の天辺に穴をあけて、それを被っているような表現をしているが、とんでもない話である。

衣服の好みなどというものは、長い時間をかけてそれぞれの民族が創り上げた文化であって、麻、綿、絹等の織物を作る民族が、裁縫という技術を知らないわけはない。

ここに記述されているのは、中国の使節が、目のあたりに見た倭国宮廷内貴族男女の髪型・服装描写の筈であり、当時のファッションであった筈だ。

解説十

「魏略に曰く……」裴松之（宋代の歴史学者）による注記である。

これによると、一年に春と秋の二回の元旦があったわけで、倭人は当時、一年を二歳に数えていた。歴史学者古田氏は、これを「二倍年暦」と呼んでいる。

魏略は三国志と同時代資料であり、内容の正確さは定評がある。

解説十一

倭人は長生きであり、八、九十歳から百歳、と述べているが、二倍年暦であるから、実際は四十～五十歳であった。古事記・日本書紀における神武天皇等の歴代天皇の年齢も二倍に数えられていたと見て間違いなかろう。

下戸も或いは二、三婦とあるが、下戸の大部分は〇～一妻。これを後漢書の范曄は「下戸も必ず二～三婦」と、誤って解釈し「倭国には女多く男少なし」と書いてしまった。

解説十二

元、男子の王は、七十～八十年（二倍年暦なので実際は三十五～四十年間）在位したが、晩年に至って、恐らく後継者の選定に失敗したのであろう。

数年間の内乱の後、卑彌呼が共立された。

解説十三

この一節には実は大変な事が書いてある。

「また、裸国・黒歯国があって……」倭国から東南の方角に当たり、船行一年（二倍年歴だから実際は半年）の距離にこれらの国があるという。即ち、南太平洋のポリネシア・ミクロネシアあたりのことである。

倭人は海洋民族であり、倭人が何を目的として、どのコースを辿って太平洋を渡ったのかは明らかではないが、この当時、倭人にとって太平洋の諸島は旧知の島々であったと言えば言い過ぎだろうか。

解説十四

巡る範囲が四百粁というのであれば、九州島以外の土地とは思われず、倭国の範囲は従来の歴史書に記述されているものに較べると、意外に狭いものと言わざるを得ない。

解説十五

卑彌呼貢献の景初六月は、魏による公孫氏征伐の最中であり、従来公孫氏を通じて中国と交際していた倭国が、公孫氏を見限って、魏朝に直接接触を図った事件であり、魏帝は殊のほか喜悦したものと見える。

その証拠が、他に例を見ない莫大な下賜品と異例の長文の詔書である。

卑彌呼の使者が持参した貢物は、まことに貧弱であるが、使者一行が戦場の中をさまよい、魏朝側の司令部を捜しあてるまでに、持参した貢物のうちの多くを、ワイロとして使わなければならなかったのではあるまいか。

ともあれ、戦争の帰趨を、いち速く察知し、戦争終結以前に勝利者側に渡りをつける国際感覚は、並大抵のものではなく、当時の中国の出先機関と倭国との間は、官民を問わず往来が頻繁であったものと思われる。

従来、景初二年六月は、景初三年六月の誤りである、といわれたものであるが、誤りではない。魏の明帝が景初二年十二月に急病を発し、景初三年正月に崩じたため、景初三年という年は、魏朝は喪に服しており、外交も含めて一切の諸儀典は停止されていたのである。

日本で発掘された考古学資料のうちに、「景初三年鏡」というのがあるが、天子の喪中に目出度い字句や紋様を画いた鏡が鋳造されるわけが無く、もし、そのようなことが有れば、それを作った工人も、それを容認した官吏も、間違いなく斬首の刑に遭っていただろう。

つまり、「景初三年鏡」という物は、中国製ではなく、日本製だということであろう。

解説十六

詔書と下賜品は、本来倭国の使者に渡される筈であったが、明帝の急病から崩御に至るまでの宮廷の騒ぎに紛れてしまい、難升米等も、取るものも取りあえず帰国せざるを得なかった。次の皇帝が即位し、年号が正始と改められてから、改めて魏朝側が使者団を編成し、詔書と下賜品を携行し、倭国を訪問した。

なお、卑彌呼は「上表した」とあり、当然文字を駆使していたであろう。これは、大和朝廷に文字が伝来したとされる応神天皇の十六年（西暦四〇九年）よりよほど早い時期である。

解説十七

卑彌呼が崩じた年号は明記されていないが、後継者の壹與の貢献の年号から類推するに、西暦二六四年頃であろう（この頃、塞曹掾史の張政等は、倭国に滞在していた）。

「壹與」は、壹《い》（倭《い》）が姓で、與《よ》が名である。

解説十八

「臺《たい》」とは、当時、天子の宮殿を指す代名詞であり、当時、臺《たい》という字を使う字句は禁句で、臺《たい》という字は全て同音異字に置き換えさせられた。人名も同じ。

「臺《たい》」と「壹《い》」とはよく似た字であるが、「邪馬壹《い》國」を「邪馬臺《たい》國（邪馬の天子の國）」と誤記するなど、中国の歴史官僚には許されないことである。

鈴木　建臣（すずき　たけおみ）

1935（昭和10）年４月出生。1958（昭和33）年３月、防衛大学校卒業。陸上自衛隊で、各級指揮官、幕僚、戦術教官、戦史教官等を歴任。プログラマーとして、陸上自衛隊用の各種ソフトウェアを開発。1990（平成２）年４月、１等陸佐で退官。趣味として、日本、中国の古代史を研究。

小説　葦原王朝

古事記及び日本書紀に於ける国造り

2016年６月11日　初版発行

著　者　鈴 木 建 臣

発行者　中 田 典 昭

発行所　東京図書出版

発売元　株式会社 リフレ出版

〒113-0021　東京都文京区本駒込 3-10-4

電話 (03)3823-9171　FAX 0120-41-8080

印　刷　株式会社 ブレイン

ISBN978-4-86223-967-9 C0093

Printed in Japan 2016

落丁・乱丁はお取替えいたします。

ご意見、ご感想をお寄せ下さい。

［宛先］〒113-0021　東京都文京区本駒込 3-10-4

東京図書出版